脚本／大林利江子
原野吉弘ほか
ノベライズ／持丸千乃

●●

ギークス
～警察署の変人たち～
（上）

扶桑社文庫
0823

本書はドラマ『ギークス～警察署の変人たち～』のシナリオをもとに小説化したものです。

小説化にあたり、内容には若干の変更と創作が加えられておりますことをご了承ください。

なお、この物語はフィクションであり、実在の人物・団体とは無関係です。

1

金曜日――。

居酒屋の壁にかかったテレビから、ニュース番組が流れている。報道陣が詰めかけた結婚式場の廊下で、ひとりの女性レポーターが緊迫した表情で事件について伝えている。

「ここが現場となった結婚式場です。華やかな披露宴の最中、一体何が起きたのでしょうか――。あ、今警察が来ます」

規制線の奥から出てきたのは、刑事らしき男だ。複数のレポーターが男にマイクを向け、質問を投げかける。

「何か証拠は見つかったんでしょうか？」

男は立ち止まると、熱のこもった真っすぐな眼差しでこう答えた。

「犯人がしたことは絶対に、絶対に許せません。小鳥遊《たかなし》署一丸となって鋭意捜査中です。おい犯人、絶対に捕まえてやるからな。絶対に……！」

テーブル席で酒を飲んでいる吉良《きら》ます美《み》が、刑事のその熱い叫びを聞きながら冷めた目で言う。

「張り切ってるわねぇ……」

同席する基山伊織《もとやまいおり》が頷《うなず》く。

「警察関係者みんな、こんなに暑苦しいと思われたら迷惑ですよねぇ」

吉良と基山は警察署の職員だ。吉良は医務室の医師、基山は交通課交通規制係の警察官として小鳥遊警察署に勤めている。今テレビに映っている刑事の男は小鳥遊警察署の強行犯係の刑事・芹沢直樹《せりざわなおき》で、いつもと変わらぬ熱血ぶりを見せつけられ辟易しているのだ。

すると、隣で熱燗を飲んでいた女が、ふーっと息を吐きつぶやく。

「……ぬるいな」

同じ小鳥遊警察署の刑事課鑑識係で働く西条唯《さいじょうゆい》だ。

「え？」

思わず聞き返す基山に、西条は猪口を見ながら答える。

「このお酒……口に含んで二秒待っても、かすかな熱さしか伝わりませんよ」

「ああ、そっち」

会話の流れとはまったく関係のない内容に、少し呆れ顔になる吉良。そんな吉良とは裏腹に、基山は「店員に言いましょう」と張り切って手を挙げようとするが、その手を吉良に止められてしまう。

「やめてよ。クレームなんて」

吉良の言葉に基山が反論する。

「正当な主張ですよ。熱燗が熱くないなら、熱燗と言えないじゃないですか」

「そうやって正論振りかざす女はモテないよ」

「モテるモテないの問題ではありません。お店としても、お客に不快な思いをさせたということを現時点で認識しておいたほうが、今後のために――」

そこで、〝不快〟という言葉に引っかかった西条が口を挟む。

「不快な思いはしてないけど」

「――え？」

拍子抜けしたような基山に、西条は嬉しそうに語り出す。

「お酒というのは温度が高いほど、アルコールの刺激が強まりますが、これはぬるいから刺激が弱い。でもその分、口に含むとお米のやわらかな香りがじんわり広がって、味が堪能できるんですよ」

西条は再び酒を一口飲み、じっくり味わう。

「ぬるい……。ぬるいな！」

ちょうど料理を運んできた店員が、その西条の声を耳にして心配そうに尋ねる。

「お客さま、何か問題でも……？」

「いえ、全然」

素っ気なく答える西条に代わり、イケメンなその店員と仲良くしておきたい吉良が慌ててフォローする。

「すみませ～ん。ありがとうございます」

「こちら厚焼き玉子になります」

「おいしそ～!!」

手をパチパチと叩き、大げさに盛り上げる吉良。安堵の表情で立ち去っていく店員を見送ってから、基山が不満げに言う。

「今言えば、交換してもらえたのに……」

西条は表情を変えずに言い返す。

「そうすると、あの店員さんは言うでしょ？『お客さま、大変申し訳ございませんでした』って」

「ええ、そりゃあ」

「そうなれば、私は『いえいえ、大丈夫です』と言うしかなくなります。下手すると同じラリーを、帰るときにレジの前でもする羽目になり、何よりもあの店員に顔見知り認定されてしまうかもしれません」

「……確かに」

「そうなったら、私にとってここは居心地のいい空間ではなくなります」

西条と基山のやり取りを聞いていた吉良が、自分も納得させるように結論づける。

「……結局、ぬるいぐらいがいいのよねえ。お酒も、仕事も、人間関係も」

三人はいつも、こんなふうにとりとめもなく話しながら酒を酌み交わしている。それぞれ人との関わり方には難点があるが、行きつけのこの居酒屋で顔を合わせるうちに距離が縮まり、毎週金曜日は仕事終わりにここに集うのがお決まりになっているのだ。

ふと、テレビから騒がしい声が聞こえてきた。着ぐるみなどに仮装して騒ぐ若者たちの映像とともに、アナウンサーの声が流れる。

『来週月曜、小鳥遊市で毎年恒例の仮装マラソンがいよいよ開催となります』

仲間同士でふざけ合う若者たちの映像に目をやりながら、吉良がため息交じりに言う。

「もう仮装マラソンの季節か……面倒ねえ」

「私たち交通課なんて、毎年取り締まりに駆り出されるんですよ。もうほんと迷惑です」

うんざり顔でそう返す基山に、吉良もさらに愚痴る。

「医務室だって大変よ。無駄に張り切って怪我した署員が駆け込んでくるんだから」

そこで基山が、テレビ映像にまったく反応を示していない西条に水を向ける。

「その点、西条さんはいいですよね。人と関わらない部署で」

現場から持ち込まれた指紋などの鑑識材料を分析するのが西条の主な仕事なので、基山の言う通り人との関わりは少ない。けれど西条は表情を曇らせ、暗い声で答える。

「それが最近そうでもなくて。ある意味、人の領域に踏み込んでくる人間が……」

西条と基山と吉良の三人は、いわゆる「GEEK《ギーク》」（賢いオタク）だ。西条は証拠分析の天才、基山は地域の情報がすべて頭に入っている地理の天才、吉良は心理分析の天才と、それぞれ卓越した知識や技術を持っている。しかし、仕事の手柄にはまるで興味がない。あくまでも内勤の三人は、刑事などとは違いサラリーマン感覚で働いている。

なかでも西条は、自分の体や心に負担のかからない適切な仕事量や周囲との適切な距離感に重きを置いている。それなのに、定時に帰れなくなるような大量の仕事を遠慮なく持ち込んでくる人間がいて、そいつに嫌悪感を抱いているのだ。

西条のそんな嫌悪感は、当の本人にはまったく伝わっていない。西条が恨み言を言っているこのときも、そいつは鑑識材料が詰まったケースを肩に下げ、半長靴の足音をバタバタと鳴らしながら、西条に仕事を依頼すべく小鳥遊署の廊下を走っていた。

「西条先輩！　また指紋採ってきましたぁ！　鑑定お願いしまーす！」

大声を張り上げ勢いよく鑑識係の部屋に駆け込んできたのは、現場鑑識用作業服に身を包んだ新人現場鑑識官の杉田翔《すぎたしょう》だ。

「……あれ？」

西条がデスクにいないことに気づき、杉田の動きが止まる。その場にいた鑑識係係長の島根《しまね》太一《たいち》が、見かねて声をかける。

「西条さんが定時過ぎて残ってるわけないでしょ」

「……」

「今頃どっかで、いつもの省エネ三人組でくだ巻いてるよ」

「省エネ三人組……？」

「ああ、杉田くんにも教えとこう」

話が見えない様子の杉田に、島根が続ける。

「人の心を見透かす医務室の魔女、吉良ます美！　地図だけが話し相手、交通課の基山伊織！　正義感ゼロの鑑識官、西条唯！　人呼んで花の省エネ三人組！　つってね。この三人は何があっても定時になると帰っちゃうから、覚えといて」

「了解っす！」

「杉田くんも、もう帰っていいよ。今日金曜だから」

無駄足になってしまった杉田を島根は気遣うが、そんな気遣いは無用らしい。杉田は目を輝かせながら、元気いっぱいにこう答えた。

「俺は全然大丈夫っす！　俺、今できることは全部やっておきたい人なんで！」

「頑張りすぎる新人ほど、迷惑な人種はいません」

居酒屋にいる西条の恨み言は、まだ続いていた。

「こっちは適度に働いて適度に稼げればそれでいいのに、あいつのせいで仕事が増えていく一方なんです。やりすぎなんです、杉田は！　もうあいつの足音を聞いただけで、私は寒気がするようになって……」

西条は頭を抱え込んだ。そこへ、背後から何者かが口を挟んでくる。

「まあ、そう言ってやるなよ」

振り向くと、そこには芹沢の姿が。

「警察にいながら、西条みたいに線引きして働くほうがめずらしいんだよ」

ダメ出しをしてくる芹沢に、西条がすげなく返す。

「呼び捨てやめてください」

「いいじゃん。同期なんだし」

言い返すのも面倒そうな西条に代わり、基山が訊く。

「芹沢さん、今帰りですか」

「いや、夜食のテイクアウトに来た」

手にしていたテイクアウトの包みを見せながらそう答える芹沢に、西条が嘲笑《あざわら》うように言う。

「まだ無駄に残業してるんですね」

「無駄が積み重なって、ひとつの結果につながるんだろ」

誇らしげに返す芹沢に、西条は少し語気を強める。

「それ、まんまブラックの理念ですから。芹沢さんがそういうことを言うから、杉田のやつ、今日だけで百五十二人分も指紋を採ってきて――」

と、ふいにテーブルの上の厚焼き玉子が目に入る。その渦巻きの断面が指紋に見えてきた西条は、めまいを覚えクラッとしてしまう。

「大丈夫ですか？」

基山に支えられ体勢を立て直した西条は、あらためて芹沢に向き合って言う。

「こうなったら、さっさと事件を解決して終わらせてください」

しかし、芹沢の答えはすっきりしない。

「そうもいかねえだろ。現場にいた人間だけで二百人超えるんだから」

「二百人!?　逆になんでそんな大勢の目撃者がいて、犯人捕まえられないんですか？」

基山の素朴な疑問に、芹沢が渋い表情で答える。

「何しろ手がかりがなくて」

「犯人、ものすごく印象に残らない見た目だったとか？」

さらに基山が訊くと、芹沢は「……印象に残ると言えば、残るんだけど」とスマホを取り出し、ある画像を見せる。三人が身を乗り出して覗くと、それは披露宴会場で事件が起きたときの動画の映像を引き伸ばしたもので、赤いひょっとこのお面のアップが映し出されていた。

「……赤いひょっとこ」

「なんで……？」

特徴あるお面を見て、西条と基山がつぶやく。

「……まあ、話せば長いんだけど」

芹沢は、このチャンスを待っていたかのように、事件の詳細を語り始めた。

「事件は二日前。豪華な披露宴会場で起きた。新郎・柘植《つげ》仁《じん》は元サッカー日本代表選手で、今はスポーツ番組のコメンテーター。新婦・浜辺《はまべ》理子《りこ》は老舗料亭の令嬢。素直で控えめな性格で、現役時代から柘植を支えてきたとか。列席者にはスポーツ関係者だけじゃなく、資産家や著名人も名を連ね、マネージャーがひっきりなしに挨拶して回っていたそうだ。友人グループによる余興の最中、それは起きた——」

＊

華やかに飾られた披露宴会場の壇上で、幸せそうに微笑む柘植と理子。マネージャーの南佐江《みなみさえ》は、フォーマルなパンツスーツに身を包み、こちらも嬉しそうな笑顔で列席者に挨拶して回っている。

会場内では、仮装集団が余興のダンスをしていた。友人に手招きされ、柘植も壇上から降りてそのダンスに参加する。と、突然、余興の輪からひとりの男が飛び出した。男は黒ずくめの服を着ていて、赤いひょっとこのお面をつけている。男はポケットから取り出したナイフを手に壇上に駆け上がると、理子にそのナイフを突きつけた。

「キャー‼」

甲高い悲鳴を上げる理子。ひょっとこ男は理子にナイフを突きつけたまま、加工された声を張り上げる。

「お前ら座ってろよ！　この女を返してほしければ、全員、俺の言うことを聞け！」

柘植が戦慄したように固まる。一瞬にして場の空気が凍りつく。

「仁さん……助けて……‼」

震える声を絞り出す理子を、ひょっとこ男が怒鳴りつける。

「黙れ！」

身の危険を感じ、理子がさらに体をすくませる。柘植はどうすればいいかわからず戸惑った様子で、何も言葉を発することができない。

ひょっとこ男は手にしていたボストンバッグを放り投げ、ちょうど近くにいた南に向かって言う。

「おい、そこの女。その中に金目の物を入れていけ」

「は、はい……」

南は震える声で頷き、ビクビクとバッグを手に取る。

「さっさとしろ‼」

ひょっとこ男はイラついた様子で怒鳴り、ナイフを持つ手に力を込める。

「わ、わかりました！　みなさん、言うことを聞きましょう……」

そう言うと、南はボストンバッグを手に列席者の間を回り、腕時計やネックレスなど金目の物を入れてもらう。

「祝儀の金も出せ」

続けて男がそう要求すると、南は理子の母親の元へ行き、保管していた全員分のご祝儀袋をバッグに入れてもらい、それを男に手渡す。しかし、男の要求はまだ終わらない。

「……あと、お前」

理子を捕まえたまま、今度は柘植を指差す。柘植は驚きながら周りを見回す。

「えっ……俺？」

「嫁を返してほしければ、今すぐ五千万用意しろ」

大金を要求され絶句する柘植。そんな柘植を、理子は懇願するような表情で見つめる。

「……仁さん！」

「それは……」

返答に詰まる柘植を、理子は無言で見つめる。張り詰めた空気の中、柘植は目を泳がせながら声を絞り出す。

「……ムリです」

まさかの返答に唖然とする理子。南も目を見開き、驚きの表情になる。

「……は？」

訊き返す男に、柘植が怯えた声で答える。

「今すぐにはムリです。今日銀行休みだし」

「言い訳してんじゃねえよ！」

怒りを露わにする男に、柘植は怯えながらも少し開き直った様子で答える。

「ムリムリムリ」

埒《らち》が明かないやり取りにおろおろする親族たち。男は苛立ち、理子を掴む手に力を込めて声を荒らげる。

「じゃ、この女がどうなってもいいのか！」

悲鳴を上げる理子。それでも柘植は、焦った表情を浮かべるばかりで何も答えられない。南はただただ不安そうに成り行きを見ている。

膠着《こうちゃく》状態にしばし気まずい沈黙が流れた後、ひとりの友人男性がぼそりとつぶやく。

「……これ、ドッキリじゃね？」

その言葉に、「え？」と振り返る列席者たち。「そうだよ。ドッキリだろ」「……なんだ、そっか……」と納得する声があちこちから上がり、安堵のざわめきが起きる。

同じく安堵した司会者は、慌ててマイクを手に取り仕切り直そうとする。

「さあ、ひょっとこさん。悪ふざけはここまでにして、二人の門出を祝いましょう」

お面の男は戸惑ったような動きを見せる。

「帰れ！　帰れ！」

司会者の言葉に乗っかり、友人男性が手拍手とともにコールを始める。ほかの列席者たちも同調し、手拍手が次第に大きくなっていく。その手拍手の音にお面の男が少しひるんだように見えた次の瞬間、会場の電気が消えた。列席者たちはそれも演出のひとつだと思い、手拍手の音はさらに大きくなる。

そして、再び会場の電気がパッとついた――。と、そこにひょっとこ男の姿はなく、呆然とした理子だけがいる。

「みなさんの祝福パワーで、花嫁を取り戻せました！」

司会者がそう言うと、列席者たちから笑い声と拍手が湧き起こる。柘植は慌てて理子の元へ駆け寄る。

「理子、大丈夫か」

「……ええ」

柘植は理子を抱きしめる。その姿に列席者から拍手が起き、一件落着とばかりに会場内はほっこりとした空気感に包まれる。

「まさか主役に騙されるなんてねえ」

「あっ、さっき渡した時計とか、もう返してもらえるんだよね？」

ドッキリだったと信じ込んでいる列席者たちは、口々にそんなことを話し出す。と、そのとき、会場の外から大きな悲鳴が聞こえ、「誰かー!!」と叫びながら従業員の男が駆け込んできた。

「た……大変です！　トイレで人が死んでます!!」

従業員の男のその言葉に理子は倒れそうになり、柘植が慌てて支える。会場内は一気に騒然とし、従業員や列席者たちは訳がわからず右往左往するばかりだった。

＊

現場となった多目的トイレで死んでいたのは、料理出しをしていたホール係のひとり、西野達也《にしのたつや》だった。おそらくトイレで犯人と鉢合わせし、素顔を目撃してしまった結果、背中を刺されたのだろうと芹沢は説明する。ひょっとこ男は西野を刺した後、ボストンバッグを手に現場を立ち去ったと警察は考えているのだ。

「警察が駆けつけたとき、すでに犯人は逃げた後だった。何しろ、その場にいた全員が、余興だと思い込んで通報が遅れたからだ……。で、犯人が逃げたルートを探ってるんだが——」

ひとしきり話し終えたところで、芹沢が三人のほうを振り向く。が、誰も芹沢を見ていない。西条も吉良も基山も、素知らぬ顔で店員に追加オーダーをしている。「すみません、たこわさ追加で」と西条。吉良はイケメン店員に「あなたのおすすめは？」と目を見つめながら聞いている。

「まだ話の途中なんだけど」

明らかに不服そうな芹沢に、西条が冷たい目で返す。

「最後まで聞くメリット、私たちにあります？」

吉良も素っ気なく言い放つ。

「すでにパートナーがいる男に興味ないし」

その言い分に、「人がひとり、死んでるんだぞ？」と詰め寄る芹沢。しかし三人には響かず、「こっちはプライベートで食事中ですよ？」と西条に言い返されてしまう。すると芹沢は、慌てて提案する。

「じゃあ、追加の料理代、俺が出すから」

芹沢はいつも、ここでの三人との会話から事件解決のヒントをもらっている。だから今回も、三人の意見が聞きたいのだ。

「なんでそこ、全部出すって言えないかね」

「……」

吉良に痛いところを突かれ口ごもる芹沢。そんな芹沢を見て、西条は勘弁してやるとばかりに「まあ、いいでしょう」と向き合う。

「たこわさが来るまでの間、話を聞きますよ」

西条の言葉にホッとしたように、芹沢は再び話を始める。

「……じゃあ、これを見てくれ」

芹沢が取り出した一枚の紙を三人は覗き込む。吉良が訊く。

「……式場の見取り図？」

「そうです。西野さんの遺体が発見されたのは十五時二十分頃。犯人は、その前後に逃走したと思われる」

芹沢は見取り図上にある式場の表玄関と西玄関を順に指しながら、話を続ける。

「しかし、表玄関にいたボーイは怪しい人物を見なかったと言ってる。ほかに出られるとしたら、この西玄関のみ。ここを出ると車道は左折の一方通行で——」

そこで基山が話を遮る。

「その道は交通量が多くて、十五時以降は必ず渋滞します」

「え？」

訊き返す芹沢に、吉良がさらに言う。

「……犯人の心理的に、人目の多いルートは避けそうよね」

「でも表玄関はもっとリスクが高いですよ。ボーイが二人いるうえに防犯カメラもあるんですから」

納得のいかない芹沢がそう反論すると、西条がこともなげに言う。

「だったら、逃げてないんじゃないですか？」

「……！」

抜けていた視点に気づき、目に力がこもる芹沢。

「じゃあ、犯人は事件後もずっと式場内にいたってことか……？」

芹沢の問いかけに、西条は淡々と答える。

「いや、もちろん断定はできませんが」

「……」

大きなヒントを得た芹沢は、嬉々として財布から五百円玉を出しテーブルの上に置くと、「よい週末を」と言い残し急いで店を出ていく。

西条は「……たこわさ、まだ来てないのに」とつぶやいた。

土曜日――。

芹沢は後輩の野村修二《のむらしゅうじ》を引き連れて結婚式場にいた。真剣な目で天井を見上げると、そこにある防犯カメラを指差して従業員に訊く。

「この防犯カメラの映像もいただけますか？」

「かしこまりました」

映像データが入ったUSBを手にした芹沢は、「これから本部に行って映像を解析します」と上司に報告を入れ、走って捜査本部へと戻っていく。

一方の西条は、マンションの自室で休日を過ごしていた。じっと見つめる視線の先にあるのは、いかにも難関そうな一万ピースのパズルだ。

「……よし」

西条は気合を入れるように息を吸うと、スマホのストップウォッチのボタンを押す。その次の瞬間から、一心不乱にパズルのピースをはめていく。そのスピードは尋常ではない。西条は真剣な目で、手を休めることなくパズルを進めていく。

基山もまた、基山らしい休日を過ごしていた。

『次は、小鳥遊公民館前、小鳥遊公民館前です』

走る路線バスの車内で一番後ろの席に座り、ヘッドホンをつけマイクを持ち、車内アナウンスを録音している。

『この先、春見坂《はるみざか》を通過するまで、なだらかなカーブが続きます』

バスの揺れに身を任せながら、基山は「尊い……」とうっとりとした様子でアナウンスに聞き入っている。

『また小鳥遊第二公園まで渋滞が予測されます。グラウンド脇を通過する際は西日にご注意ください――』

基山は目を閉じる。見事なアナウンスにどっぷり浸っているのだ。

バスが停車し、乗降口へ向かう基山。そのままバスから降りるのかと思いきや、基山は運転手の腕をガッと握り、キラキラした目で称え出した。

「あなたの車内放送、神レベルでした！」

「……」

そして吉良ももちろん、仕事とは無関係の休日を過ごしていた。

歩道の占いブースで、見るからにうさんくさい占い師から謎の祈禱を受けている。吉良の手相を見た後、占い師が口を開く。

「……鬼門です。これからあなたが向かおうとする先には、地獄の使者が待ち受けています」

「……！　ねえ、そこをなんとか！　なんとかなりませんか!?　先生！」

占い結果にショックを受けた吉良は、占い師の手を握り懇願する。吉良は医者ながら、非科学的な占いにすぐ左右されてしまうのだ。そんな吉良に、占い師はお祓いを始める。

「喝――つっ！」

「ありがとうございます!!」

奇声を上げて吉良のお祓いをする占い師。いかにもデタラメな感じだが、吉良はいたって真剣にお祓いを受けていた。


三人がそれぞれの休日を満喫している間も、芹沢の仕事はまだ続いている。小鳥遊警察署の捜査本部に戻った芹沢は、デスクでパソコンに向かっていた。視線を左右に高速で動かしながら、式場のあらゆるカメラ映像をくまなく見ている。

その頃、西条の視線も左右に高速で動いていた。パズルがかなり進み、佳境に入っているのだ。真剣な眼差しで、難所のピースを鮮やかにはめていく。

と、突然、「ドン！」という大きな音が聞こえてきた。

「!?」

西条は驚き、ストップウォッチを止めて、音がした隣の部屋のほうを見る。

「……」

中断されたことに苛立ちつつも、ストップウォッチのボタンを押して再びパズルに集中しようとする西条。が、またドタバタと物音が聞こえてくる。我慢しようとするが、さらに激しくなっていく物音に、目つきが険しくなっていく。堪えきれなくなった西条は、思わず壁に向かって叫ぶ。

「うるさい!!」

すると、ピタッと音が止まった。

「……よし」

西条は再びパズルに向かおうとする。そのとき、今度はインターホンが鳴った。無視してパズルを進めようとするが、再びインターホンが鳴る。西条は不穏な空気を察し、つぶやく。

「……やば……怒らせたかな……」

西条はそろりそろりと玄関に向かい、ビビりながらドアを開ける。が、ドアの外を見た瞬間、「うわ‼」と声を上げ、思わずドアを閉めようとしてしまう。爽やかなイケメンが立っていたからだ。

「あ、ちょっと待って！」と手が伸び、ドアが再び開く。イケメンの正体は、隣の部屋の住人・安達順平《あだちじゅんぺい》だ。安達を直視しないよう、下を向いて「すいません……」と返すと、その拍子に安達の足元が西条の目に入る。上品なレザースニーカーだ。足跡のデータはすべて頭に入っている西条は思わずつぶやく。

「……ナイキダンクLOW、レトロプレミアム、FB8896-300、グリーン……」

「あの」

ブツブツと俯《うつむ》いたままの西条の顔を、安達が覗き込む。

「うわ！」

急にイケメンの顔が近づいてきて悲鳴を上げる西条に、安達は素早く頭を下げる。

「うるさくしてすみませんでした！」

「いえ、とんでもないです。失礼します」

一刻も早くここから立ち去りたい西条は、素っ気なく返してドアを閉めようとする。

「俺、配線系に弱くて」

「は、はいせんけい？」

「はい。あ、実は今日、引っ越してきたばかりで……その、テレビとかパソコンとか、うまくつなげられなくて」

ドアを押さえながら話す安達から視線をそらしたまま、西条は信じられないといったふうに言う。

「……そんなの、簡単なのに」

「簡単？」

驚いたように答える安達に、西条はさらに言う。

「五秒でできますけどね」

と、いきなり安達がドアをガバッと開ける。

「じゃ、ちょっとお願いできませんか!?」

「は？」

面食らっている西条に、安達はなおも懇願する。

「お願いします!!　どうしても、今すぐパソコン使いたくて！　お願いします！」

「ヒィー!!」

安達の顔がどんどん迫ってくる恐怖から、西条は断りの言葉を発することができなかった。

月曜日――。

小鳥遊署の医務室で、西条が腰をさすりながら土曜日の出来事を話している。

「――結果、家電という家電の設置を手伝わされる羽目になり……今朝起きたら腰が痛くて」

西条は「先生、湿布いただきます」と、棚から湿布を探す。白衣姿の吉良は、中年の制服警官の怪我の手当てをしながら西条に言う。

「最高じゃない。イケメンが向こうから扉開けてやってくるなんて。私なんてね、新大久保のカフェで好みの店員見つけたのに、鬼門だから行くなって言われたのよ？」

苛立ちながら湿布をパンと貼る吉良の後ろで、西条は見つけた湿布をはがしながら話を続ける。

「問題は、その人がお隣さんということですから」

西条と吉良は、話を続けながら署内の休憩スペースに向かう。

「お隣さんっていうのは、無関係。話したこともない、顔も見たことのない赤の他人。――これが心地よい生活の基本です。私は平穏無事にこれまで生活してきたっていうのに……」

西条の話を頷きながら聞いている吉良が、自販機前のソファで寝ている芹沢を発見する。

「あ」

覗き込むと、芹沢はいびきをかきながら爆睡している。

「……ほっときましょうよ。ブラックうつりますよ」

西条はそう言うと、芹沢が寝ているのも気にせず「芹沢さん、この前のたこわさのお釣りです」とテーブルに小銭を置く。自販機でコーヒーを買う西条の横で、吉良が面白そうに観察していると、寝返りを打った芹沢がソファからドスンと落ちてしまう。

「落ちた……」

床で腰を打った芹沢は、「……いってぇ……」と目を覚ます。そのとき、つけっぱなしのテレビから、柘植仁の披露宴で起こった事件の映像が流れ出す。ひょっとこのお面をかぶった男が、新婦の理子にナイフを突きつけているところの映像で、『ひょっとこのお面をかぶった容疑者は、いまだ逃走中で、警察は行方を追っています』とアナウンサーが伝えている。

続けて、インタビューに答える柘植の映像が流れる。

「……とっさの出来事で頭が真っ白になりまして、体が硬直してしまい……。僕がもっと違う対応をしていたら……ほんとに自分がふがいなくて……！　大変申し訳なく思っています……」

柘植の悲痛な表情を見て、芹沢が言う。

「有名人て、大変だよなあ」

しかし吉良は、真反対の感想を口にする。

「……そう？　この人、楽しそうだけど」

「楽しそうって、どこがですか」

「人は注目されて快感を覚えると、過剰にドラマチックに振る舞うの。嘘ついてでも」

「嘘？」

「見て。喉触ってるでしょ、この人」

確かに、テレビの中の柘植は時折、自分の喉に手を当てている。吉良が続ける。

「嘘つくときって、体の弱い部分を触りがちなのよね。喉とか胸とか、お腹とかね」

「……」

吉良の話に、何か考え込む表情になる芹沢。そこへ、警務課会計係の河井《かわい》リリカがやってくる。

「あー！　芹沢さん、こんなところにいたぁ！」

リリカは芹沢に精算用紙を突きつけ問い詰める。

「先月の夜食代、二万超えてるんですけど、説明してもらえますか？」

「しょうがないだろ、張り込みが続いたんだから」

芹沢は言い訳するが、リリカは芹沢の頬を摑み厳しく追い込む。

「上限五千円って言っただろうが！」

「だって二十日連続ですし……」

芹沢はビビりつつもさらに言い訳するが、リリカに引っ張られ連れていかれてしまう。

「まるで昭和の刑事ね」

「……やっぱり距離置きましょう」

「そうね」

二人を見送りながら、吉良と西条は頷き合った。


この日、基山は仮装マラソンの交通整理に駆り出されていた。ゾロゾロと歩く仮装した若者たちを、笛をピッピッと鳴らしてさばいている。

「そこ！　ダメですよ、入ってきたら。通行人の邪魔です！　出ていってください」

そのとき、ある人物が目に入る。芹沢に見せられた動画と同じ、赤いひょっとこのお面をつけた男がいるのだ。

「……ひょっとこ？」

基山はハッとし、トランシーバーを出して応援を頼む。

「ひょ、ひょっとこです！　ひょっとこ野郎です！」

そして自分はすぐさま、男の後を追いかけた。

交通課の先輩・大道高志《おおみちたかし》と制服警官が、男を追う基山を見つけて駆け寄る。基山は前方を走るひょっとこ男を指差す。

「こっちです！」

制服警官が全力で追いかけ、基山もその後を追う。パトカーのサイレンが鳴り響く中、ひょっとこ男は必死で逃げていく。

「待て！」

制服警官が叫びながら追いかける。そこでふと、基山は大道を引っ張って脇道にそれる。地図がすべて頭に入っている基山は、別ルートから先回りすることを思いついたのだ。

制服警官から必死で逃げるひょっとこ男。すると、目の前に突然、基山と大道が立ちはだかった。

「!?」

驚いた様子のひょっとこ男に、基山が息を切らしながら言う。

「……あなたの逃げ道は、お見通しです！　そのお面、外しなさい！」

ひょっとこ男は、仕方なくお面に手を伸ばした。

ひょっとこ男を連れてきた公園に、基山に誘導されながら芹沢がやってきた。

「ひょっとこは？」

「あちらです」

基山が指し示した十代と思しき少年を見て、芹沢は拍子抜けしたように言う。

「子ども……？」

「彼、お面はここで拾ったって言うんです」

すでに聞いた事情を話す基山に、少年が近くにあるゴミ箱を指差しながら付け加える。

「あのゴミ箱にぶつかったとき、中からお面が落ちてきたんだ。捨ててあるもの拾って悪いかよ」

開き直る少年を、大道が問い詰める。

「じゃ、なんで逃げたんだよ」

「だって、追いかけてきたから……」

そのやり取りを尻目に、芹沢はゴミ箱に近づいて中を見る。

「……これは……」

中身を取り出す芹沢。それは、披露宴会場に現れたひょっとこ男が身につけていたものと同じ、黒ずくめの衣装だった。

「……ひょっとこがここに来て、隠したんだ」

その夜、採取した鑑識材料を手にした杉田が、いつものように小鳥遊署の廊下を走り戻ってきた。その足音が聞こえてきて、鑑識係で仕事中の西条はハッとする。

「……やつが来る」

西条は慌てて片付けを始め、帰ろうとする。が、ドアの前で杉田と鉢合わせてしまう。

「!!」

絶望的な表情になる西条に、杉田が笑顔で声をかける。

「西条先輩！」

「私、定時なので失礼します」

「いやいや！　芹沢さんが至急で頼むって！」

「すみません……ちょっと……」

西条は素っ気なく返し、左右に体を動かし意地でも帰ろうとするが、杉田も左右に体を動かし牽制《けんせい》する。がっちり通せんぼされ、結局帰らせてもらえなかった。


火曜日——。

芹沢が捜査本部で、見取り図や席次表を見ながら野村と事件の全容を再確認している。

「ひょっとこが新婦を脅した後、会場が暗転。この間に、ひょっとこは廊下に出て、多目的トイレで鉢合わせた従業員の西野さんをナイフで刺した」

芹沢は見取り図の上に置いた赤い磁石を会場からトイレに移動させ、再び赤い磁石を会場に移動させながら言う。

「何食わぬ顔をして会場に戻り、式の後、公園に移動してお面と衣装を捨てた、と」

野村はホワイトボードに貼られた席次表に目を移し考え込む。

「ひょっとこはこの中の誰か、ってことですよね……」

そこに、疲れ切った顔の西条が入ってくる。いかにも不機嫌そうな西条に、芹沢が声をかける。

「西条！　終わったか」

「……言われた通り、お面に残されていた指紋から鑑定しました。徹夜で、一睡もせず！」

西条は嫌みを織り交ぜながら、芹沢の前にビニール袋に入ったひょっとこのお面と調査書を置く。

「——で？」

ブスッとした表情のまま、西条が答える。

「式場で採取した指紋の中から、一致する人物を見つけました」

「西条、すげえな、お前！」

興奮した芹沢が、西条の腕を叩く。

「呼び捨て、お前呼び、タッチ、全部ＮＧ！」

そんな西条の怒りに構わず、芹沢が興奮した様子で訊く。

「それで、この中の誰なんだ？」

「……」

西条はホワイトボードに貼られた席次表を素通りし、別のホワイトボードに貼られた事件関係者の写真の中にある西野の写真を指差しながら言う。

「トイレで殺されていたホテルの従業員、西野達也です」

「……え？」

予想外の西条の言葉に、芹沢は耳を疑う。

「では、私はこれで――」

役目を終えたとばかりに出ていこうとする西条を、芹沢が慌てて引き留める。

「ちょ、ちょ、ちょっと待って！　それ、確実なのか？」

「私の鑑定に間違いはありません」

「被害者がひょっとこだとしたら、自ら事件を起こして、トイレで自殺でもしたって言うのか？」

「知りません」

「それじゃ、つじつま合わないだろ。そもそも、死んだ人間がどうやって公園まで移動して、お面と衣装を捨てたって言うんだよ」

西条は知るはずもないことを問い詰められていることにイライラしながら、素っ気なく答える。

「じゃ、犯人二人いたんじゃないですか？」

「……！」

また西条から投げられた新たな視点に、芹沢の表情が変わる。

「……確かに！　列席者から奪った戦利品は消えてるわけですし」

野村も興奮気味に手を叩く。

「そうか……」

芹沢は再び見取り図に目を落とし、トイレに置いた青い磁石と会場に置いた赤い磁石を交互に指差しながら言う。

「仲間割れの末、ひとりが殺されて、もうひとりが報酬を独り占めしたってことか……」

盛り上がる芹沢に、西条が淡々と付け加える。

「ちなみに公園のゴミ箱付近に残っていた足跡を調べたところ、スニーカーだということはわかりました」

「足跡だけ？　指紋残っていなかったのか」

「やりすぎの杉田でも見つけられなかったんで、犯人は何か手袋でもしてたんでしょう」

芹沢の質問にうっとうしそうに答えると、西条は調査書を再度突き出し、「あと詳しくは、それ、読む。私、帰る」とカタコトで言い残し帰っていく。

「……ひょっとこに、共犯者がいた……」

残された芹沢は、考え込む表情でつぶやいた。


翌日、芹沢と野村は柘植を取り調べに呼んだ。

「すいません、突然お呼びして」

謝罪する芹沢に、柘植は椅子に腰かけながら尋ねる。

「犯人の目星でもついたんでしょうか」

余裕ある素振りの柘植に、芹沢は携帯の通話記録がプリントされた紙を差し出しながら言う。

「ひょっとこ男――つまり西野達也の携帯に、あなたとの通話記録が残されていました」

「……」

「あなた、犯人とお知り合いだったんですね」

芹沢の言葉に、柘植は明らかに動揺を見せる。

「は……いや、なんだよそれ……！　何かの間違いだろ！　ってか、そもそも西野なんて知らねえよ！」

「……そんな言い訳通用しませんよ。西野に共犯者がいることは間違いありません。そして、現場にいた人間で彼と接点があったのは、今のところあなた以外存在しないんです」

「……」

芹沢にすごまれ、柘植は焦りを隠せない様子で黙り込む。

「柘植さん？」

野村にも詰め寄られ、目が泳ぐ柘植。そして、仕方なしに口を開いた。

「……理子のことなんですけど」


柘植の取り調べ後、芹沢と野村が今度は理子の取り調べを行っている。

「あなたがご主人以外の男性と会っていたという話が浮上しているのですが……」

そう切り出した芹沢に、理子の表情が険しくなる。

「……は？　私が不倫してたとでも言うんですか」

「いえ、ただ、確認をしているまでです」

「こっちは被害者なのに……ひどい……。誰がそんなことを言ったんですか？」

「いや、それは……」

理子の問いに芹沢が口ごもる。その様子を見て理子が勘づく。

「もしかして、仁さんですか」

「……」

「信じられない……なんなの、一体……!」

不倫が柘植の発言だと確信した理子は、強く憤《いきどお》る。芹沢が再び訊く。

「質問を変えます。西野の共犯者を捜しているのですが、何か心当たりありませんか?」

「……」

目をそらし口を閉ざす理子に、野村が返答を促す。

「浜辺さん?」

すると、理子が言いにくそうに口を開く。

「仁さんのことですが……式の前、電話で誰かともめてたんです……何か、お金の話をしてたみたいで……」

「お金?……それについて、ご本人は何か言ってましたか?」

芹沢が訊くと、理子は語気を強めてこう答えた。

「そんなこと、訊けるわけないじゃないですか」

その頃、資料を抱えた西条が廊下を歩いている。と、角を曲がるところで、反対側から歩いてきた南とぶつかってしまう。

「すみません。大丈夫ですか？」

西条は会釈をして謝り、落としてしまった資料を拾う。しかし、南からはなんの反応もなく、呆然としたままその場に立ち尽くしている。

そんな南の様子が気になり、西条が声をかける。

「あの」

すると、南はハッと我に返ったように西条を見て、「……すいません、すいません」と怯えたようにつぶやきながら、そそくさとその場から立ち去っていく。

パンツスーツ姿でよたよたと歩く南の後ろ姿を西条がじっと見送っていると、そこに芹沢が来る。

「……あの人は……」

西条の問いに、芹沢が答える。

「柘植のマネージャーだ。柘植に不審な点が見つかったんで、話を聞いてたんだよ」

「不審な点？」

「柘植仁は、投資で失敗して一文無しだったんだ。マネージャーも知らなかったみたいだけど」

「へぇ……それは新婦に同情しますね」

「……それが」

言葉を濁す芹沢のほうを西条が見る。芹沢は渋い表情でこう続ける。

「夫婦って、わかんねえもんだよなぁ……」


いつもの居酒屋のいつものテーブル席で、西条、吉良、基山の三人が酒を飲んでいる。近くのカウンター席で飲んでいる芹沢が、愚痴のように話し出す。

「あのカップル、結婚しようとしてたくせに、お互い全然わかり合えてなかったんだな」

「というか、二人のどちらかが犯人という線があるんですよね」

基山の言葉に、芹沢が肩をすくめる。

「だとすれば、そんな人間だって気づかず結婚しようとしてたなんて、相当やばいよな」

そう聞いて、西条が関心なさそうに言い放つ。

「フツーですよ」

「フツーって?」

思わず聞き返す芹沢。吉良もまた、関心がなさそうにこんなことを言う。

「そもそもあの二人、人相的に相性悪いと思ったのよね」

感覚が理解できないとばかりに、芹沢は少しムキになる。

「仮にも、夫婦になろうって相手ですよ」

しかし、そんな言い分は三人には通じないようで、「人間、家族だろうと他人ですから」と基山。さらには「全人類、他人です。家族だからってわかり合おうとするほうがおこがましいんですよ。そういうエゴが犯罪を引き起こすんです」と西条に言いくるめられてしまう。

芹沢は議論を諦め、西条の猪口に酒を注ぎながら言う。

「……その犯罪を解決するために、明日も頑張ろうな」

「明日は休みですが」

「でも西野の部屋から共犯者の指紋、出るかもしれないだろ」

「会話になってませんが」

「いいだろ、たまには」

押し問答する芹沢と西条。と、そこで吉良のスマホが鳴る。

「あ……ちょっと失礼」

吉良はスマホを手にそそくさと店の外へ出ていく。

店の入り口付近で、吉良がスマホで話をしている。相手は、別れた元夫と暮らしている娘の藍《あい》だ。

「誕生日？　ああ、そういえば、来週だっけね」

『……だっけって、自分の誕生日じゃん』

「ごめんごめん、すっかり忘れてたわ。ここんとこずっと忙しくてね。その日も年下の男の子にデートに誘われてんのよ――」

吉良のその言葉に、電話の向こうの藍が軽くため息をつく。

『ママ、ほんと嘘ヘタだよね』

「は？」

『パパに彼女ができたから、見栄張ってるんでしょ』

「！」

思いがけない藍からの指摘に、吉良は思わず言葉を呑む。

『心理学のプロのくせに、わかりやすいんだから』

「いや、違う違う！　私ね、今ほんとーに充実してるの」

吉良は焦りを悟られまいと、努めて明るく言い返す。その手は、自分の喉を触っていた。

日曜日――。
基山家の居間で、基山と高校生の弟・文太《ぶんた》が話をしている。傍らには、スマホを見ているギャル風の妹・沙織《さおり》もいる。

基山はテーブルの上に広げた大きな地図を指差しながら、言い聞かせるように文太に言う。

「狭い裏道よりも大通りを進んだほうが、見通しもいいし、いろいろ有利なわけ。大通りには便利な店も多いし、気が向いたら、脇道にそれることもできるよ」

道路に例えて遠回しに話を進める基山に、文太が面倒くさそうに訊く。

「ねーちゃん、もしかして大学行けって言いたいわけ？」

「……」

言い当てられ黙る基山に、文太がさらに言う。

「……うざいんだけど」

「だって、今のあんた、高速バスのチケット持ってるのに、わざわざ市バス乗り継ごうとしてるんだよ？」

「俺のためみたいな言い方すんなよ」

自分なりの表現で必死に説得する基山に、不快感を露わにする文太。基山の次の言葉を待たずに、「部活の時間だから、行くわ」と出かけていく。

「は？　まだ話終わってないから！」と立ち上がる基山。しかし、成り行きを見ていた沙織から、呆れたように「もー、ほっとけばいいじゃん」と言われてしまう。

基山はやりきれない表情で、深くため息をついた。

日曜日だというのに仕事に駆り出されていた西条は、夕方になりやっと帰宅した。ふらふらとした足取りでマンションの中庭に着いた西条は、バッグの中から鍵を取り出そうとする。

「……休日出勤なんて、ほんとにありえない。やりすぎの杉田め……無限に指紋集めやがって……」

ブツブツと文句を言いながらバッグの中を漁るが、鍵が見つからない。

「……？」

焦って鞄の中をくまなくまさぐるが、やはり鍵がない。

「……えっ、マジか……」

そこに、背後から安達の声が聞こえてくる。

「鍵、ないんですか？」

驚いて見ると、手にエコバッグを持った買い物帰りらしき安達が立っている。ふいに西条の視線が、エコバッグのペイズリー柄をとらえる。それがだんだん指紋に見えてきて、西条はまためまいを覚えてしまう。

「うっ……」

「大丈夫ですか？」

ふらりと倒れそうになる西条に、安達が慌てて駆け寄る。

「……大丈夫です、すいません」

西条は目をそらし、逃げるように階段を上る。後を追うように階段を上りながら、安達が言う。

「よかったら、うちで時間潰します？」

「け、結構です。鍵屋さん呼びますので！」

西条はピシャリと断ると、ドアの前に立ち安達に背を向け、鍵屋を呼ぶためにスマホをいじり始める。完全にシャットアウトだ。

「……そうですか。じゃあ……」

少し寂しそうに部屋に入っていく安達。西条は素っ気なく「どうも」と返すと、ホッとしたようにスマホでの作業を続けた。

鍵屋への連絡を終えた西条は、通路から外を眺め安堵のため息をつく。と、隣の部屋のドアが開き、マグカップを二つ手にした安達が現れた。

驚いて固まる西条に、安達は「これ、どうぞ」と笑顔でマグカップをひとつ差し出す。

「ただの緑茶です」

「……どうも」

西条は戸惑いながらもマグカップを受け取り、仕方なくお茶を飲む。

「……熱っ‼」

あまりの熱さに顔をしかめる西条。そんな西条を見て安達が微笑む。調子を狂わされた西条は、乾いた笑いを返す。

西条の隣に立った安達が、お茶を飲みながら尋ねる。

「……お仕事、大変なんですね」

「フツーにブラックなんで」

「どういうお仕事なんですか？」

「終わりが見えない落とし物係というか」

「それって、すごい人助けじゃないですか」

「人助けをしても、自分が助からないと意味ないですよ」

安達の言葉に、つい本音が漏れる西条。止まらなくなり、そのまま愚痴り出す。

「人助けとか社会貢献って言葉、私大嫌いなんです。そのために身を削るなんて、時代の空気読めてなさすぎます」

いつの間にか、辺りはすっかり暗くなっている。それでもまだ、西条の愚痴は続いていた。

「そのやりすぎの杉田っていう新人が、もはや頑張り屋という名の当たり屋で、凶器なんです。そもそも、人にはキャパシティというものがありまして、その領域を他人が侵す権利はないんですよ。それこそ、立派な犯罪なんです」

ひと息に話し、ふと顔を上げた西条と、微笑みながら話を聞いていた安達の目が合う。

気まずくて目をそらした西条に、安達が優しく言う。

「……素敵ですね。仕事にそんなに熱くなれるなんて」

「はい？」

いきなりの褒め言葉に、西条は怪訝《けげん》な顔をする。安達は続けて、少し照れくさそうに自己紹介をしてくる。

「俺、安達って言います」

「!!」

自分も自己紹介をしなければいけなくなりそうな流れに、西条は慌てだす。

「あの、お名前は――」

そこにタイミングよく鍵屋の姿が見え、西条は安達の言葉をかき消すように「あ!!鍵屋さん、こっちです！」と鍵屋に呼びかける。

ホッとしたのも束の間、鍵屋は西条に向かって大声でこう返す。

「すみません、お待たせしました。西条さんですね」

「！」

下手に距離を縮めないよう名前を知られたくなかった西条は、しばし呆然とする。そんな西条に、安達が笑顔で言う。

「じゃあ、おやすみなさい、西条さん」

そして、西条からマグカップを受け取ると、「俺でよければ、またいつでも話聞きますよ」と言い残し、部屋に戻っていく。

取り残された西条は、どうにも納得がいかず独りごちた。

「……なんで私が聞いてもらった側？」


月曜日——。

鑑識係のデスクで、西条が黙々と作業をしている。時計が十七時を指した瞬間、その手が止まる。

「では、そろそろ私は——」

そう言って片付けを始めたところで、芹沢がやってくる。

「お疲れさまです」

「おっ、来たな。男前」

島根が芹沢に声をかける。芹沢は小さく笑うと、西条に訊く。

「西条、ひょっとこの部屋から何か見つかったか？」

西条は片付けを続けながら答える。

「西野の部屋からは、本人の指紋以外は検出されませんでした」

「何か見落としてるんじゃないのか」

「私が見落とすことはありえません」

その会話を聞いていた杉田が、嬉々として口を挟む。

「なんなら俺、また現場行って採ってきましょうか！」

「……杉田くん、あのね」

西条は余計なことを言う杉田を睨んで止めようとするが、杉田はいそいそとキャリーケースを取り出し、「行ってきまーす！」と駆け出していってしまう。

うんざりとした表情でため息をつく西条の耳に、遠ざかっていく杉田の半長靴の足音が響いてくる。

「……」

その音が引き金となり、今回の事件の情報やデータが西条の頭の中を駆け巡る。

「はぁ……」

目を閉じ、深いため息をつく西条。西条のその妙な様子を、芹沢が気にかける。

「……どうした？」

西条は面倒そうな複雑な表情で、ぽつりとつぶやいた。

「……見つけちゃった……」

翌日の早朝、何者かが通り沿いのコインロッカーの鍵を開け、中からボストンバッグを取り出した。その手を、ずっと尾行していた芹沢が背後から掴み、ボストンバッグを取り上げる。開けると、中には宝飾品と祝儀袋、血のついたナイフが入っている。

「……ひょっとこの共犯者はあなただったんですね。署まで来ていただけますか?」

芹沢が声をかけた相手は——南だ。

「……」

南は芹沢の言葉に答えず、怯えた表情で立ち尽くした。


小鳥遊署の取調室で、芹沢が南の取り調べをしている。

「ひょっとこのお面が捨てられていた公園に、この足跡が残っていました」

芹沢は足跡の資料を出し、南に見せながら続ける。

「鑑定によればこの足跡は、ヌビックス製のスニーカー用のソールでした。サイズは二十五~二十六センチ」

「……」

「スニーカーだとわかったとき、あなたのことは一切頭に浮かびませんでした。あなたはいつもパンツスーツにショートブーツの印象でしたので。現に、結婚式の日もそのショートブーツを履いていましたよね？」

「……」

南は目を伏せ、黒いショートブーツを履いた足を気まずそうに動かす。芹沢は続ける。

「でも、それはただのブーツじゃなかった。フォーマルでも使えるスニーカー仕様のブーツだったんですね」

「……」

「うちの鑑識が、廊下であなたとすれ違ったときのことを覚えてましてね。『ブーツを履いていたはずなのに足音がしなかった』と。それで思い当たったそうです」

「……あのときに……？」

南は、小鳥遊署の廊下で西条とぶつかったときのことを思い出す。西条が資料を拾っている間にそそくさと立ち去ったはずだが、足音を聞かれていたことに南は驚く。

「あなたは柘植仁の結婚披露宴で西野を殺し、ボストンバッグを奪い去った。そうですね……？」

芹沢は南の犯行をあらためて確認する。

南は目を伏せて何も答えない。芹沢はさらに尋ねる。

「調べたところ、西野にはいろいろ悪い噂がありましてね。金のトラブルも絶えなかったとか……。あなた、そんな男と一体どういう関係だったんですか？」

そこでやっと、南が重い口を開く。

「……あるとき、西野から事務所に連絡があって。自分は柘植のスキャンダルを握ってる。世間にばらされたくなかったら五千万払えと」

目の前の机を見つめながら、南は続ける。

「でも、うちの経営も苦しくて……そしたら、あの男、強盗でもなんでもいいから金をつくれと」

「……だからって、柘植さんの結婚式を潰すようなこと」

「お金のこともですけど……チャンス……だと思ったんです」

「チャンス？」

「タレントが自分の結婚式で強盗に遭うなんて、話題性抜群じゃないですか。間違いなく翌日にはニュースで扱ってもらえる。そうしたら、しばらく柘植仁の仕事が増える。そう思ったんです……」

「……」

うっすら笑みを浮かべながらそう話す南を、芹沢は厳しい目で見つめる。

「だけど、あの男……」

南はとたんに苦々しい表情になり、事件当日のことを振り返る――。

暗転した隙に披露宴会場から逃げ出した西野と南は、式場の多目的トイレで落ち合った。西野はボストンバッグの中の時計や宝飾類を見て、ほくそ笑みながら南に言う。

「これからも協力してもらえますよね。栢植さんの秘密、俺、ずーっと、誰にも言いませんから」

その言葉に、南の目に憎悪の色が浮かぶ。そして次の瞬間、南はボストンバッグからナイフを取り出し、鏡に向かって黒ずくめの衣装を脱いでいる西野の背中に突き刺した。

「この男を放っておくと、いつか栢植のタレント生命が終わる。あのとき、そう確信しました」

正しい行いをしたかのような口ぶりの南を、芹沢が諭す。

「……マネージャーが殺人を犯して、栢植仁の名誉を傷つけたら、元も子もないでしょう」

しかし南は、「……そうでしょうか……」と返すと、不敵な笑みを浮かべ、小さく声を立てて笑い出す。

「……?」

そんな南を、芹沢は怪訝な表情で見つめていた。

南の逮捕を受け、ホテルの一室で会見が行われた。理子と並んでマイクが置かれたテーブルの前に座った柘植が、いかにも悲劇のヒーローといった様子で謝罪している。

「……まさか、すぐそばにいたマネージャーに裏切られるとは……本当に申し訳ありません！」

頭を下げる柘植に、レポーターが質問をする。

「あの、事務所の金策のためだったという話ですが」

柘植はやり切れないといった表情で質問に答える。

「南には、このバカ野郎と言いたいです。本当に申し訳ありません」

そこで柘植と理子は立ち上がり、一緒に深々と頭を下げる。そのシーンを待っていたかのように、二人に激しくフラッシュが浴びせられた。


芹沢と西条が、小鳥遊署の休憩スペースに置かれたテレビでこの会見を見ている。並んで頭を下げる柘植と理子を見ながら、芹沢が言う。

「ロッカーから、凶器のナイフも出てきたし、これで一件落着だな」

西条は立ち上がって缶コーヒーを飲み干しゴミ箱に捨てると、「……やっと定時に帰れる……！」とガッツポーズをして立ち去っていく。

芹沢は西条を見送り、再びテレビに視線を戻す。申し訳なさそうに謝罪を続ける柘植と理子を見て、ひとりぼやく。

「結局、この二人は、プラマイゼロかあ……」

女子更衣室を出て、帰宅しようと廊下を歩く西条。そこに、背後から杉田が駆け寄ってくる。

「先輩！　科捜研から結果が来ましたっ！」

そう言いながら、西条の目の前に資料を差し出す。

「こないだの凶器のナイフについていた指紋ですね」

見ると指紋鑑定書で、そこには「南佐江」という名前がある。西条は鑑定書を奪い取り、納得のいかない様子で訊く。

「……一致したの、ひとりだけ？」

「はい。ナイフについてた指紋、一人分だけなんで」

「……一人分？」

「ひょっとこは手袋してたんで。あのマネージャーの分だけです」

「一人分……」

西条は首をかしげ、考えを巡らせ始める。考えながら、「……一人分か……」と繰り返す。

と、そのとき、西条の頭の中でパズルのピースがカチリとはまる音がする。西条は顔を上げてつぶやいた。

「……はまっちゃった……」


翌日、芹沢が待つ鑑識係の部屋に、柘植と理子がやってきた。奥には西条、吉良、基山の三人も待機している。

「ご足労いただきありがとうございます。お二人とも、どうぞ、そちらにおかけくださ い」

芹沢は頭を下げ、二人に椅子を勧める。西条が芹沢を呼び止め牽制する。

「芹沢さん、私たちがお付き合いするのは十分だけですから」

「わかってるって」

吉良も加えて言う。

「それと、今度は飲み代、全額出してもらうからね」

「はいはい」

芹沢は適当に返事をすると、柘植と理子のそばのソファに座る。

柘植は話を切り出す。

「――で、話って？」

「西野の共犯者は、南さんだけじゃなかったんです。共犯者はもうひとりいた」

「……え」

芹沢は柘植の前に三枚の写真を並べていく。一枚は西野、もう一枚は南、そしてもう一枚は裏返しになっている。

「その人物は西野に脅されていたんです。『過去のサッカーの八百長試合について、ばらされたくなければ金を出せ』って」

「……」

俯いて黙り込む柘植を、芹沢が問い詰める。

「柘植さん、あなたやはり西野とつながってたんですね」

理子が黙り込んだままの柘植を見つめる。芹沢が続ける。

「スポーツ番組のコメンテーターが、八百長してたなんて知られたら、さすがにまずいですもんね。あなたは要求通り金を渡した。でも投資で失敗し、金が尽きたあなたは、やがて応じられなくなった。そこで、南さんの助けが必要になったんだ」

そこで柘植が声を上げる。

「俺は何も知らない！」

「ですが、柘植さん――」

柘植は立ち上がり、芹沢の話を遮って声を張り上げる。

「違う、俺じゃない！　あの事件は、南が勝手に！」

「やめてください！」

すると今度は、理子が声を張り上げる。いきなりの展開に、西条、吉良、基山の三人も思わず理子に目をやる。理子は怒りに満ちた表情で西条に訴える。

「仁さんはそんなことしません。自分勝手なところはありますが、ずっと自分に尽くしてくれた南さんを利用するなんて、そんなこと、絶対にしません……！」

「理子……」

柘植が感動したように理子を見つめる。

「それは私が一番よくわかっています」

そう念を押す理子に、芹沢が頷く。

「ええ、我々も柘植さんが黒幕じゃないとわかっていますよ」

「——え」

固まる理子の目の前で、芹沢は裏返したままの写真に手を伸ばす。

「実はもうひとり、西野とつながってる人物がいたんですよ」

そう言いながら、写真を表にする芹沢。そこに写っているのは——笑顔の理子だった。

「浜辺さん、あなたも西野にゆすられてましたよね？『未来の旦那の立場がどうなってもいいのか』って」

「え……」

理子が黙り込むと、柘植は小さく驚きの声を上げる。

「南さん、言ってましたよ。あなたに西野のことを相談されたって」

芹沢の話に、柘植が理子の顔を覗き込む。

「……理子?」

すると理子は柘植のほうに向き直り、腕を摑んで話し出す。

「……私……怖くて……業界のこと、よく知らないし……」

「金の要求には応じなかったんですね?」

芹沢の問いに、理子は小さく頷く。

「だって私にはお金がないし……だからといって、両親に相談するわけにはいかないし……今の私には、どうすることもできなくて……! でも、どうにか仁さんを助けたくて……」

柘植を見つめながら、その腕を摑む手に力を込める理子。その手を柘植が握り返す。

そんな理子をじっと見ていた西条が、ゆっくりと口を開いた。

「……本当だ。吉良さんの言っていた通りです」

「うん、驚くほどに」と頷く基山。「でしょう?」と吉良は得意げだ。それから吉良は理子に目を向け、こう問いかける。

「そうやって、南さんのこともコントロールしたのよね？」

険しい表情で吉良を見る理子。芹沢が柘植に訊く。

「南さんはもともと柘植さんの熱狂的なファンでしたよね。つまり柘植さんは南さんの『推し』だった。そうですよね？」

「……ええ」

続けて芹沢が理子に訊く。

「そんな彼女なら、どんな手を使っても西野を片付けてくれる。そう考えたんじゃないですか？」

芹沢は南から聞いた、南が理子から相談を受けたときの話を思い出す――。


公園のベンチに並んで座る南と理子。理子が涙ながらに南に話をしている。

「仁さんがゆすられてるみたいなんです……。私、どうしていいかわからなくて……」

「……」

困惑した表情で黙り込む南と、俯いて肩を震わせる理子。と、ふいに理子が顔を上げ、南を見つめながら懇願した。

「……南さん、お願い！　彼を助けてあげて！　こんなこと頼めるの南さんしかいないの……」

理子の言葉に動揺する南。しばし考えた後、南は頷きながら答えた。

「……わかりました」


芹沢が続ける。

「南さんは思ったそうです。自分がなんとかしなきゃって。こうしてあなたはまんまと、南さんに披露宴の計画を立てさせることに成功した」

「……」

芹沢から目をそらし、黙り込む理子。そんな理子に吉良が言う。

「マニピュレーター。他人の心の隙につけ込んで、意のままに支配する人のこと。心理学ではそう呼ぶの」

「理子、お前……」

信じられないといった表情で理子を見る柘植。理子は真っ向から反論する。

「そんなの言いがかりです！　私は殺せなんて言ってません！　南さんが勝手にしたことです」

そこで西条が立ち上がる。

「勝手にするように仕向けたんじゃないですか」

西条はそう言うと、デスクの引き出しからビニールに入ったナイフを取り出し、理子に見せる。

「このナイフからは、南さんの指紋が検出されました」

「……それが、どうかしたんですか」

怪訝な表情で訊く理子に、西条はもう一度繰り返す。

「南さんの指紋だけが、検出されたんですよ」

「だから、それが?」

苛立ったように訊き返す理子を、西条が問い詰める。

「おかしいですよね。このナイフはあなたも触っているのに」

「――え」

「披露宴で、あなたが人質に取られたときです」

西条がそう言うと、すかさず芹沢がリモコンを手に取り、事件がニュースで報じられたときの画像をテレビに映す。そこには、ひょっとこ男にナイフを突きつけられている理子の姿があり、その手はナイフの柄をしっかりと握っている。

「どうして、このナイフにはあなたの指紋が付着してないんでしょうか……」

「さあ、私は……」

何かをごまかすように目をしばたたかせながら、理子はシラを切る。そんな理子に基山が訊く。

「途中ですり替えたからですよね？」

表情を強張らせる理子に、基山が続ける。

「顔に傷がつかないように、最初は安全な刃落としナイフを使ったのではないですか？

そして、会場の明かりが消えた隙に、本物のナイフとすり替えた」

黙ったままの理子に、芹沢が確認するように言う。

「南さんならきっと、彼を殺してくれると踏んでたんです」

西条がさらにたたみかける。

「ナイフは二本あったんですよ。そしてそれは、あなたが最初からこの計画を知っていたことの証明になります」

理子は立ち上がり、怒りを露わにして叫ぶ。

「やめてください！　そんなの単なる想像でしょ！」

芹沢は動じることなく、理子を見据えて言う。

「では今から令状を取って、あなたの家を捜索してもいいんですか？」

その言葉に、吉良が横から追い打ちをかける。

「あなたの指紋がべったりついた刃落としナイフがすぐ見つかっちゃったりして」

「……」

理子は、返す言葉もなく立ち尽くす。が、突然ふっと笑い、開き直ったように話を始める。

「だって邪魔だったんだもん、あの二人」

その豹変ぶりに芹沢の表情が変わる。気にせず理子は続ける。

「あの男、金払えってしつこいし。南さんは南さんで、人の夫に色目使ってなんかキモイし。まとめて消えてもらってすっきりしたかったんだもん」

と、そこで柘植が立ち上がり、怒りを抑えられないように理子の肩を摑む。

「お前……！」

しかし理子はその腕を払い、強気な態度で柘植に食ってかかる。

「ずっと有名人の妻になるって決めてたの。私、一度決めたことは絶対にやり遂げるの！」

そこまで言うと理子は振り向き、今度は西条たちに問いかける。

「それの何が悪いの？　今どき、女の幸せなんて、自分で守るしかないじゃない！　ねえ、あなたたちも女だったらわかるでしょ？」

理子は興奮状態で、西条たちに詰め寄る。そんな理子に対し、西条はいつも通り素っ気なく答える。

「わからないです、ごめんなさい」

期待外れの返答に、西条をまじまじと見る理子。

「勝手にくくらないでください」

西条はきっぱりとそう言うと、腕時計に目をやり、「定時になりました。お先に失礼します」と言い残し、そそくさと出ていく。

続けて吉良が「あら、もうこんな時間。身勝手な言い分に付き合ってるほど暇じゃないのよ」と出ていき、基山もまた「どうぞ好きに愚痴ってください。誰にも迷惑にならないところで」と言って出ていってしまう。

呆然とする理子を横目に、「……お疲れ」と三人を見送る芹沢。「お疲れさま！」と島根も拍手で見送る。

廊下に出た三人は、疲れ切ったように壁にもたれかかる。

「……やっぱ人間って、めんどくさいな」という西条のつぶやきに、吉良と基山も頷く。

「一杯行くか」

吉良のその言葉に、西条と基山は「行きましょ」と口々に合意し、三人は歩き出した。


金曜日——。

署内の階段を上る芹沢に、署長の御手洗智《みたらいさとし》が駆け寄る。

「芹沢くん！」

御手洗は芹沢の肩を叩き、嬉しそうに労をねぎらう。

「柘植仁の件、よく解決してくれたね」

「……御手洗署長」

「よくも悪くも注目されてたから署長としても助かったよ。おかげで小鳥遊署の評価も爆上がり！　ハッハッハッ！」

高笑いする御手洗の前で戸惑っている様子の芹沢。そこに、前方から西条、吉良、基山の三人が歩いてくる。

「署長、往来の邪魔になっていませんか？」

西条にそう注意され、御手洗は脇によけながら、非難めいた口調で三人に言う。

「え……ああ、君たち。また今日も定時上がりか？」

芹沢は三人をフォローしようと、慌てて今回の事件での三人の活躍を署長に説明しようとする。

「署長、実は、柘植仁の事件に関しては――」

が、その続きを西条がすかさず遮る。

「お先に！　失礼します」

余計なことを言うなとばかりに、芹沢をじっと見る西条。

「お疲れさまでしたー」

「失礼いたします」

吉良と基山も、続けて挨拶をする。そのまま背を向け、三人は颯爽《さっそう》と帰っていく。

「……」

その後ろ姿を、芹沢はなんとも言えない表情で見送っていた。


警察署を後にした三人は、いつもの居酒屋でいつものように酒を飲んでいた。

「あー……ぬるい……」と満足顔の西条を、基山がねぎらう。

「よかったですね、ようやく残業から解放されて」

「やっぱり、ぬるいのが一番。酒も仕事も人間関係も」

吉良のその言葉に、西条がふと疑問を口にする。

「……それにしても不思議です」

「何がですか」と基山。

「みんな所詮、自分のことしか考えられないのに、どうして他人と近づきたがるのでしょうか」

西条のその疑問に、吉良が少し考えてから答える。

「人にはね『公的自己意識』ってのが備わっててね。他人にどう見られるか、本能的に気にしちゃうのよ」

西条は納得がいかないように言う。

「……ひとりのほうがずっと健全なのに」

そんな西条に、吉良が思い出したように訊く。

「あ……それで言うとさ、西条、隣のイケメンとはどうなったのよ?」

「……それが、名前を知られて以来、なんとか顔を合わせないように努めたのですが……なかなかうまくいかず」

そう話しながら、西条はここ数日のことを振り返る。あるときは仕事帰りに中庭で遭遇した安達に「お疲れさまです、西条さん」と声をかけられ、またあるときはゴミ出しに行ってパジャマ姿のまま鉢合わせして「西条さん、おはよう」と声をかけられてしまった。そしてついに先日は——。


インターホンが鳴り、寝起きの西条がドアを開けると、安達が箱を渡してきた。

「西条さん、荷物間違えてうちに届いてましたよ」

「あ……楽しみにしてたパズルだ……」

箱を見て嬉しそうに受け取る西条に、安達が笑顔で言う。

「連絡先、交換しときません? こういうとき便利だし」

「パズル来た〜」

届いたパズルに夢中の西条は、言われるがまま無意識にスマホを差し出してしまった。

「気づいたら確実にこちらの領域を侵されてました……！」

うっかり連絡先を交換してしまった過失を悔やむ西条に、吉良が言う。

「嫌なら引っ越したら？」

「私もそれは考えて探してますが、なかなか……」

首を振る西条に、基山が頷く。

「職場からも駅からも近い優良物件を見つけるのは大変ですよね」

「友人認定をされる前に逃げ出したいのですが……どうしたものか」

ため息をつく西条に、吉良がある提案を持ちかけた。

「……いい方法がある」


数十分後——。

西条と吉良の間に、安達が座っている。

「……なぜ、こうなる」

解せない様子の西条に構わず、吉良は「どうぞどうぞ」と楽しそうに安達に酒を注いでいる。

「ホントに僕、お邪魔しちゃって、よかったんですか？」

気遣う安達に、吉良が満面の笑みで答える。

「もちろんです。うちの西条がお世話になっております」

「……これの、どこがいい方法？」

吉良に問いただす西条。安達との会話に夢中の吉良に代わり、基山が答える。

「いっそグループ付き合いしたほうが、薄い関係を保てるという考えじゃないですか」

他人との距離感が妙に近い吉良は、初対面の安達にもぐいぐい話す。

「ねえねえ、あなたのお友達に山羊座のB型っていない？」

「吉良さん、人のお隣さんを婚活に利用しないでください！」

西条の制止を無視して、吉良が安達に言う。

「あ、そうだ。連絡先教えて」

安達は微笑みながら西条に「僕は構いませんよ」と言うと、吉良と連絡先を交換する。

あまりにも気軽に連絡先を交換する二人を見て、西条は手で口を押さえながら小さく悲鳴を上げた。

「えー！」


居酒屋を後にした西条と安達が、距離を取りながら夜道を歩いている。

「素敵な人たちでしたね」

「……はあ」

安達の言葉に、西条が曖昧に頷く。

「素敵なお仕事に、素敵な仲間がいて、西条さんって充実してますね」

「……はあ」

なんと答えればいいかわからず、西条はまた曖昧に頷いた。安達の話はまだ続く。

「こないだ、他人の忘れ物を見つける仕事って言ってましたよね。それって、どういう
——」

が、深入りしてほしくない西条は、「今日はありがとうございました！」と慌てて安達の話を遮る。そして、安達に口を挟む隙を与えないかのように、「単なるお隣さんなのに付き合わせてしまって、ほんとすいません。お疲れさまです」と一方的に言うと、足早に歩き出す。

先を歩く西条の後ろ姿を、安達はどこか寂しげな表情で見つめていた。

距離を取ったままマンションまで帰ってきた西条と安達が、おのおの玄関の前に立つ。

「……おやすみなさい」と安達。

「おやすみなさい」

西条はよそよそしく挨拶を返すと、そそくさと自分の部屋に入ろうとする。と、そのとき、いきなり安達に腕を掴まれた。

「!?」

驚いて安達の顔を見上げる西条。

「……あの」

言いにくそうに口ごもる安達の目をじっと見たまま、西条が訊く。

「……なんでしょう」

「西条さん……」

「はい」

「今度、デートに誘ってもいいですか?」

「!?」

突然のデートの誘いに、安達を見つめたまま何も言葉が出ない西条。安達もまた、それ以上何も言わず西条をじっと見つめている。

訳のわからない膠着状態に、西条は心の中でつぶやいた。

『だから、なぜ、そうなる……?』

2

夜も更けた頃、交通整理をしている基山が、一台の車を止めた。

「この先、立ち入り禁止でーす！」

と、車の窓から芹沢が顔を出す。

「お疲れ」

「芹沢さんでしたか」

芹沢が車から降りながら言う。

「めずらしいな。基山さんが残業なんて」

「残念ながら当直です」

そう答えながら、基山は芹沢とともに、道路に張られたバリケードテープをくぐる。

「お疲れさまです。遅いですよ～」と言いながら、先に到着していた野村が道路脇の階段を下りてきた。その階段の下には、血の痕がある。芹沢が野村に近づき訊く。

「被害者はこの階段を転げ落ちたんだな？」

「はい。何者かに突き落とされた可能性が高いです。あと、そこに停めてあった自転車が一台消えてましてて」

そう言いながら、野村は近くを指差す。芹沢はさらに訊く。

「犯人が自転車を盗んで逃げたってことか……目撃者は？」

「今のところは見つかっていないです。防犯カメラも二キロ先からついてなくて……」

階段にもついている血の痕に目をやってから、芹沢は腹立たしげにつぶやいた。

「……くそっ」

一か月後の金曜日――。

「……美しい」

保管倉庫の中で、きちんと整備された棚を眺めながら、晴れ晴れとした顔で西条がつぶやく。棚には段ボール箱や書類、ビニールに入った傘や靴などの日用品のほか、店の看板やマネキンの顔などさまざまなものが並んでいる。

「すべてのピースがぴたりとはまっている……完璧です」

再び満足げにつぶやくと、手袋をつけて一緒に整理をしている杉田と島根のほうに視線を向け、杉田に言う。

「杉田さん、最後に床の拭き掃除、お願いしますね」

「床なら、最初に拭きましたよぉ？」

言い返す杉田に、西条は再度命じる。

「作業の締めにもう一度拭くのが常識です」

杉田は仕方なくモップを手に取りながら、小さく愚痴る。

「……いつもは、仕事しすぎだって怒るくせに」

そんな杉田をなだめるように、上司として西条の習性をよく知っている島根が言う。

「西条さんにとっては半年に一度のお楽しみだから」

「証拠物件の整理が？」

「うん。事件と違ってこういうことには燃えるみたいなんだよね」

「へぇ～」

話しながら二人は西条のほうを見る。西条は笑みを浮かべてブツブツとつぶやきながら、棚を指差し確認している。

「よし、よし、よし、よし。よっ……」

そこで、西条の指が止まる。棚の端から、クマのぬいぐるみの右手がわずかにはみ出ているのだ。そのクマだけ、ほかの証拠物件と違ってビニールが被せられていない。指を差したまま、西条の表情が曇っていく。

「……」

我慢ならないとばかりに、西条はクマを棚に押し込む。が、右手がまた飛び出す。素早く押し戻すが、再び右手が飛び出してしまう。

「……」

押し込んだ勢いで棚から落ちそうになったクマのぬいぐるみを受け止めた西条は、苛立った様子で島根を呼ぶ。

「島根さん」

「はい、島根ですよ」

「このクマは、どういった経緯でここに管理されてるんでしょう?」

「その札に書いてません?」

「何も書いてないんです」

西条はクマについているプレートを島根に見せる。「令和六年四月六日」と日付は書かれているが、詳細部分は空欄になっている。

「あら、ほんとだ」

プレートを見て島根も不可解そうな表情になる。そこに杉田が、嬉しそうに口を挟む。

「念のため、指紋とか調べましょうか?」

「いいから、そういうの」

「はい……」

西条にバッサリ切り捨てられた杉田は、渋々掃除を続ける。

西条はあらためてクマを観察する。いろいろな柄の生地でパッチワークされた年代物で、首にはピンクのリボンをつけている。元の棚にクマを戻しながら、西条は島根に言う。

「このクマ、ビニールにかからないで、ここに置いてあったんです。ということは、重要性は低いですよね？」

「証拠物件じゃないとしたら、遺失物かな」

そう返す島根に、西条はすぐさま言い返す。

「しかし、日付を見ると保管期間はすでにまっとうしたと言えます」

西条の気持ちを察した島根が、少し呆れ気味に言う。

「西条さんは、どうしてもすぐこのクマちゃんを捨てたいんだね」

「私はただ、意味のないものがここに置いてあるのは、いかがなものかと」

「じゃあ一度、遺失物係に訊いてみたら？　届け出が出てるかもしれないし」

「では届け出がなければ、即処分ということでよろしいでしょうか」

「やっぱり、即処分したいの？」

と、突然、西条と島根のやり取りを聞いていた杉田が、二人の横からクマを手に取った。島根が訊く。

「ん？　杉田くん、どこ持ってくの？」

杉田はクマを机に置いて、嬉しそうな様子で写真を撮り始める。

「いや、署のホームページに落とし物コーナーってあるじゃないっすかぁ。そこに載せて情報集めればよくないっすか？　ついでにSNSでも拡散して」

「お～。じゃあ、最悪処分するのはその後ってことにしよっかね」

島根が賛成すると、杉田はさらにクマの写真を撮りまくる。

「そんな本格的に撮るの？」と島根。

「あ～いいね。あ～かわいい」と、杉田は写真を撮り続ける。

西条はそんな杉田を睨みつけながら、忌々しげにつぶやいた。

「……余計なことを……！」


夜になり、いつもの居酒屋で西条、吉良、基山の三人が酒を飲んでいる。

西条はスマホで署のホームページを見ていた。杉田が作成したクマの持ち主募集の記事だ。そこには「クマのぬいぐるみ保管中」「心当たりのある方は署まで」という文字の後、クマの写真が並んでいる。その写真は細かく角度を変え、二十枚以上にも及ぶ。

「あいつ、やりすぎだっての……」

文句をつけつつスマホを見続けている西条に、基山が声をかける。

「西条さん、今日はお酒、進んでないですね」

「私としたことが、プライベートタイムに仕事のことを持ち込むなんて」

西条はハッと我に返り、慌ててスマホを置いて酒を飲む。そんな西条に吉良が言う。

「じゃあさ、プライベートらしく恋バナでも聞かせてよ」

「恋バナ？」

「最近どうなの？　例のお隣さんとは」

楽しそうに安達の話を振る吉良を、基山が止めに入る。

「吉良さん、恋バナっていうのはムリがありません？　西条さんと安達さんの間には、そういう空気はまったく――」

すると、西条が意外な答えで基山の話を遮る。

「デートに誘われました」

「え！」

「マジで!?」

驚く基山と吉良に、西条が頷く。

「こないだ、みなさんと飲んだ帰りにですよ」

吉良が前のめりになって西条に詰め寄る。

「えっ、まさか断ったりしてないよね？」

「それは、もちろん――」

西条は恋バナ中とは思えない無表情で、あの日の安達とのやり取りを話し出した――。

「……今度、デートに誘ってもいいですか？」

「!?」

部屋のドアの前で安達に手を摑まれ、デートに誘われた西条。西条は言葉を失ったまま、安達を睨みつける。

安達も思わず西条を睨み返す。二人は無言のまま、しばし睨み合う。が、呼吸まで止めていたのか、安達がいきなり「ぶはっ」と息を吐き出す。肩で呼吸をしながら、安達がつぶやく。

「……負けました」

「では、そういうことで」

そう返すと、西条は何事もなかったかのようにドアを開けて、自分の部屋に入ろうとする。すると安達が、慌てて声を上げる。

「待ってください！　ダメでしょうか」

西条は安達に向き直り、厳しい口調で訊く。

「むしろ、なぜデートとか、そういう話になるのかわかりません」

安達は少しひるみ、戸惑いながら西条に謝る。

「あ……いきなりデートは言いすぎでしたね。すいません、とっさにほかの言葉が出てこず……」

「な、なんでしょうか」

戸惑いつつも厳しい口調の西条に、安達は笑顔で答える。

「『お疲れさま会』です。西条さん、最近残業続いてたみたいですし」

あらためての安達の誘いを、西条は瞬時に断る。

「結構です……逆に疲れが増してしまうから」

「どうして疲れるんですか」

「……価値観が合わないと思うからですよ」

「僕は結構、合うと思います」

西条は嚙み合わない会話に苛立ち、語気を強める。

「私は、お隣さん同士でプライベートで関わろうなんて思いません。こんなこと言われて今、すぐにでも引っ越したいぐらいです」

「そんな！　引っ越しは待ってください。人の印象というものは、結構変わりますから」

「この数秒間で、猛スピードで疲れが増しているんです。これ以上は」

西条はそう言って自分の部屋に入り、ドアを閉める。

「食事だけでも！　もちろん、俺のおごりで」

安達のその言葉を聞いて、西条はドアの隙間から顔を出す。

「……おごり？」

「はい。疲れる分だけ代償を払います」

「……」

黙り込む西条。しばし考えを巡らせてから、安達に条件を出す。

「ファミレスなら」

「ファミレス？」

「駅前のファミレスです。あそこは時間制限がありまして、二時間までしかいられないんです。だから、そこでもよければですが」

決して好意的ではない条件ながら、安達の顔には喜びが浮かぶ。

「……二時間あれば十分です！」

「では来週の金曜。私の仕事が定時で終わるとして、十七時二十四分に向かいます。おやすみなさい」

西条はそう言い残すと、バタンとドアを閉めて部屋の中に入っていく。西条は気づいていないが、ドアの外に残された安達は「よし！」と小さくガッツポーズをしていた。

「――というわけで、食事する運びになりました」

西条の話を聞き終えた基山が、首をかしげながら言う。

「でも安達さんは、西条さんのどこに惹かれたんでしょうかね。手応えゼロに見えますけど……」

基山の疑問に、西条は何も答えない。スマホで賃貸情報を見始めていて、もはやそちらに集中している。隣に座る吉良が、スマホでネットオークションを見つつ代わりに答える。

「スノッブ効果って言ってね、ほかにはない、希少価値が高いものほど、人は手に入れたくなるの」

話しながら、吉良は一万円の値段がついているアイドルのアクリルスタンドの落札ボタンを押す。が、その瞬間、さらに値段が上がってしまう。

「え〜!? また値段上がってる! なんで……」

なかなか落札できず苛立つ吉良に、西条が問う。

「それってつまり、私が変わり者だと?」

吉良はスマホを見たまま、適当に返す。

「なんにせよ、イケメンに興味持たれてるんだから、いいでしょ」

吉良のその言葉に、西条は苦々しい表情でつぶやいた。

「……他人に興味持たれることは、私にとって障害でしかありません」

月曜日――。

小鳥遊署の廊下を、芹沢があくびをしながら眠たそうに歩いている。と、前方からすごい勢いで西条が走ってきた。手には、例のクマのぬいぐるみを持っている。

「お、西条。おは――」

芹沢の挨拶も終わらぬうちに、西条は瞬く間に通り過ぎていく。

「!?」

芹沢は驚き、ダッシュで遠ざかっていく西条の背中を見つめた。

「……何事?」


鑑識係の部屋に、西条がクマのぬいぐるみを手に勢いよく入ってくる。

「わざわざお越しいただいて、ありがとうございます!」

西条はテーブルのほうに向かい、少し嬉しそうに言う。

「まさか、こんなに早く持ち主が現れるなんて――」

が、見ると、そこにはなぜか来客が二人いる。上品な老婦人・小湊百合子《こみなとゆりこ》と、今風の若者・若林良太《わかばやしりょうた》だ。

「……二人?」

思わず口に出す西条に、すでにその場にいた杉田が二人を紹介する。

「こちらが、埼玉からいらっしゃった小湊百合子さん」

「こんにちは」

会釈をする百合子。杉田が続ける。

「で、こちらが、江戸川区からお越しの若林良太さん」

「どうも」

杉田に紹介され、若林も頭を下げる。状況を呑み込めない西条に、杉田が言う。

「どちらも、このクマの持ち主だとおっしゃられています」

「え?」

予想外の展開に驚く西条。そのとき、百合子がふいにクマを手に取った。

「あっ、ちょ……勝手に触らないでください」

杉田が注意する。見ると、百合子は手に取ったクマを今にも泣きそうな顔で見つめている。

「これは、私のクマです……」

そう言いながら、百合子は机の上に古い写真を置く。西条と杉田が覗き込む。それは、ワンピースを着た十八歳の百合子と青年の写真だ。

「五十年前、初恋の彼との写真です」

「……はあ」

訳がわからぬまま相槌を打つ西条。百合子が続ける。

「訳あってお別れしたのですが、最後に会ったときにプレゼントされたのが、このクマなんです。これを自分だと思ってそばに置いてくれって」

「はあ……」

「でも、いつの間にか失くしてしまいまして……」

そこで、若林が手を上げて話を止める。

「ちょっと待った」

視線が若林に集まる。

「そのクマは、俺のだよ」

そう言って若林はクマを百合子から取り上げると、止める杉田を無視して話を続ける。

「世話になった人がプレゼントしてくれたんだ。バイトで落ち込んでたとき、このクマで励ましてくれて」

すると、百合子が声を荒らげ若林からクマを取り返す。

「違う、これは私のです！　私が、昔の恋人からもらった――」

百合子の話が終わらぬうちに、若林が再びクマを取り返そうとクマの手を引っ張る。

「俺が、恩人からもらったんだよっ！」

クマを引っ張り合いながら、百合子と若林は声を揃える。

「ずっと探してた大事なものなんです……!!」

杉田は、興奮する百合子と若林からなんとかクマを取り上げ、机の上に置く。西条は困惑し、二人を交互に見るばかりだった。


「――というわけで、とりあえず、今日のところはお帰りいただいたわけです」

休憩スペースに集まった西条、吉良、基山の三人が、クマのぬいぐるみを前に話をしている。西条から事の成り行きを聞き、吉良が興味深そうに言う。

「まさか、二人も来るとはねえ」

「なんかじゃんけんとかで決めてくれないかな」

投げやりな西条の言葉に吉良と基山が笑っていると、「いいよなあー、そっちは呑気で！　あ〜、眠てえ……」と言いながら、芹沢が廊下を歩いてきた。

「今どき寝てないアピールですか」と冷たく返す西条。

「また徹夜したんですか？」

基山が訊くと、芹沢は自動販売機でコーヒーを買いながら、疲れ切った顔で答える。

「一か月前に起きた傷害事件のことで。犯人の目星が外れて、また振り出しだよ」

「ほんと許しがたいですね。人を階段から突き飛ばして、逃げるなんて」

憤る基山に、芹沢が頷く。

「いまだに被害者は意識不明だし……。こうなったら、しらみ潰しに足で稼ぐしかねえか」

そう言いながら振り返ると、すでに西条たちの姿はなく、代わりに怒りに満ちた表情のリリカが立っている。

「足で稼ぐ、だと？　では、このタクシー代六万ってなんでしょうか」

不穏な笑みを浮かべて領収書を見せてくるリリカに、芹沢は慌てて言い訳をする。

「しょ、しょうがねえだろ。窃盗団追ってたんだから」

「追跡ルート、詳しく聞かせてもらおうか！」

リリカはそうすごむと、細い体に似合わぬすごい力で芹沢を引きずっていった。


西条はいったん、保管倉庫にクマのぬいぐるみを戻しに行った。棚の元あった場所に置くが、クマの右手がかすかに棚からはみ出ている。

「……美しくない」

その様子に虫唾《むしず》が走った西条は、棚に背を向けて呼吸を整える。それからあらためて振り返ると、「とっとと持ち主に返そう」という決意を宿した目でクマに手を伸ばした。

数日後――。

小鳥遊署の会議室で、西条が百合子の話を聞いている。

「彼は地元の広島で、一緒に育った幼馴染みでした。初めて意識したのは、十八歳のとき、デートに誘われたときのことです」

百合子は当時のことを思い出す。レトロなワンピースを着て寺の前で立っている自分が、目の前にやってきた青年に嬉しそうに手を上げる姿を。そして、並んでベンチに座った青年が照れくさそうに口にした言葉を聞き、笑顔になる自分の姿を――。

「いつもとても不器用で、口下手だったのに、その日だけは私を褒めてくれたんです。ワンピース、すごくよく似合うって」

そう続けながら、百合子は少女のように顔をほころばせる。目の前にはクマのぬいぐるみが置いてある。西条はノートパソコンで記録しながら言う。

「いわゆる、昭和の純愛というものでしょうか」

西条の言葉に、百合子の表情が曇る。

「残念ながら、幸せは一瞬のことでした……一か月後、彼は窃盗で逮捕されてしまったんです」

「え」

意外な話の展開に西条は戸惑う。

「彼のうちは貧しくて、兄弟もたくさんいたから……つい魔が差したのね。うちの親はカンカンで、もう二度とあの男とは会うなって、電話も取り次いでくれなくて……。携帯電話がない時代だから、なす術なくてね」

西条は黙って話を聞きながら、パソコンで記録する。百合子は続ける。

「数か月後、彼が東京で仕事を見つけたって風の噂で聞いて、どうにかお別れを言いたくて……」

なんとか連絡を取り合えた百合子と青年は、地元の寺で再会したという。

「私ね、言ったの。あなたなら東京で絶対に頑張れる。私はずっと信じて応援してるって……。そしたら、彼がこれをくれて……心はずっとそばにいるよって」

百合子は泣き笑いでクマを受け取った当時のことを思い出し、クマを見つめて涙ぐむ。

「このクマ……きっと彼が上京資金を切り詰めて、私のために買ってくれたのね……」

西条は淡々とパソコンでメモを取りながら、重要事項を訊く。

「――で、このクマはいつ頃失くされたんですか？」

「それが……どうしても思い出せなくて……」

西条は顔を上げ、少し驚いた表情で訊く。

「五十年、ずっと大事にしていたのに？」

「ええ……不思議ね……」

「……」

百合子の曖昧な証言に、西条は腑に落ちない様子で考え込んだ。

同じく小鳥遊署の会議室で、西条が今度は若林の話を聞いている。

「俺は高校中退してからバイトを転々としてて、自分で言うのもなんですけど、『口だけダメ男』でした」

若林がクマのぬいぐるみをもらったのは、二年前、現在も働く居酒屋で仕事をしていたときだったという。話しながら、若林は当時のことを思い出す。酒を運んでいた若林が、客とぶつかりうっかり酒をこぼしてしまったことを。そして、それを見ていた店主の木之本和也《きのもとかずや》に、「バカヤロー！　どれだけ貴重な酒かわかってんのか!!」とひどく怒鳴られたことを――。

「そのとき、店のお客さんが俺のことかばってくれたんだ。しかもそれ以来、何かと俺に親身になって応援してくれて」

黙って話を聞いている西条に、若林が続ける。

「あるとき、その人がこのクマを出して言ったんだ。これはお守りだ。客だと思って練習しろって……」

西条は淡々とパソコンでメモを取りながら、百合子のときと同じように重要事項を訊く。

「で、どこで失くしたんですか？」

すると、若林もまた、百合子と同じように曖昧な証言をする。

「さあ……それが、気づいたら失くなってて……」

「……」

西条はやはり、腑に落ちない様子で考え込んだ。


翌日――。

一か月前に傷害事件が起きた道で、芹沢と野村がギャル風の若い女性二人連れに聞き込みをしている。

「ほんとですか？　ここで自転車を見たんですね？」

芹沢の問いに、女性のひとりが答える。

「うん、バイト先の飲み会の後。なんか歩いてたら、後ろのほうからめっちゃ悲鳴が聞こえてきて。で、振り向いたら、チャリがすっごい勢いで走ってきてたの」

「あれ、マジでビビったよね」

盛り上がる二人に、野村が確認する。

「それ、四月四日の夜、十一時前後で間違いないですか？」

すると、もうひとりの女性が頷く。

「う〜ん……確か？　でも、飲み会が超つまんなくて、うちら先に帰ったんだよね」

「マジそれ。話長えって思ったね」

「自転車に乗ってた人のこと、何か覚えてませんか？」

再び盛り上がる二人に芹沢が訊くと、女性たちはそれぞれに記憶を手繰り寄せる。

「それがさ、うちらかなり酔っぱらってて……。あんま覚えてないんだよね、ごめん」

ひとりの女性がそう答えると、もうひとりの女性が思い出したように口を開く。

「あ、でもクマがいた」

「クマ？」

訊き返す芹沢に、女性が答える。

「クマのぬいぐるみ。なんか自転車の後ろに乗ってたんだけど、かわいいと思って、写真撮ってたの」

「写真、あるんですか!?　見せて！」

「あるよ〜。めっちゃかわいいの、見て」

女性はスマホを取り出し操作すると、画面を芹沢に見せる。そこには、荷台にくくりつけられた、首元に赤いリボンをつけたクマだけが写っている。

「よりによってズームかよ！」

容疑者の姿を確認できると思った芹沢は、つい憤る。

「これじゃ、何もわからないですね」と野村もぼやく。

しかし、芹沢はもう一度クマの写真に目をやると、ふと怪訝な表情になった。

「このクマ……」


小鳥遊署の廊下を、クマのぬいぐるみを手にした西条が歩いている。西条はクマを見つめると、決意を込めた顔で独り言を言う。

「よし、今日こそはどっちかに引き渡そう。うん、絶対」

と、そこに芹沢が来て、西条からクマを取り上げた。

「何するんですか」

西条を無視して、芹沢は手元のクマとスマホのクマの画像を見比べる。

「……やっぱり、同じだ」

芹沢はそう言うと、「返してくださいよ。持ち主に返却するんだから」と文句をつけてくる西条に向き直った。

「この持ち主、二人いるって言ってたよな?」

「はい。だからもう、じゃんけんで決めてもらおうかと——」

「二人のどちらかが、傷害事件の犯人の可能性が高いんだ」

「は?」

固まる西条。そんな西条をよそに、芹沢はちょうど居合わせた杉田にクマを渡すと、

「杉田、このクマについてる指紋の採取を！」と指示を出す。杉田は嬉しそうな顔で頷き、走り去っていく。

西条は我に返り、うんざりとした表情でつぶやいた。

「……もうサイアク……」


芹沢はすぐに若林が働く居酒屋へと向かった。店長の木之本に警察手帳を見せて訊く。

「若林良太さん、ここで働いてますよね」

「いますけど……あいつが何かやらかしたんすか？」

訝《いぶか》しげに訊く木之本に、芹沢が言葉を濁す。

「いえ……ただ、ちょっとご本人とお話をしたくて」

そんな芹沢に、木之本が懇願するように言う。

「今のあいつは昔とは全然違いますよ。俺が保証しますから……！」

「昔、というと……？」

「あいつ高校のとき、傷害で捕まったことがあって……。えっ？　刑事さん、それで疑っててんじゃないんですか？」

「いえ、そういうわけでは」

そこに、若林が入ってきた。

「おはようございまーす」

黙って会釈をする芹沢に、驚いたような顔をしつつ若林も頭を下げた。

居酒屋の裏で、芹沢と若林が話をしている。

「君が欲しがってたあのクマ、実は傷害事件で逃亡中の犯人が持っていた可能性があるんだ」

「——え」

芹沢の言葉に、若林の顔色が変わる。

「君の話では、あれはお客さんにもらった大事なものだったとか……その辺のこと、詳しく聞かせてもらえないかな」

すると、若林がとたんに言い分を変える。

「……やっぱ、違うかも」

「え……？」

「……よく考えたら、あのクマ、俺のじゃない気がしてきた」

「……そんな言い訳、通用するとでも……？」

「言い訳なんかじゃねえよ……！」

ムキになる若林。店のほうを気にしながら、芹沢にさらに反論する。

「変な言いがかりやめろよっ。店にも迷惑だろ……！」

そのとき、芹沢のスマホが鳴る。百合子の元へ聞き込みに行った野村からだ。

「……どうした？　小湊さんとは一緒か？」

『それが家から、いなくなってしまって』

「逃げたってことか」

野村の報告に舌打ちする芹沢。

その頃百合子は、辺りを気にしながらどこかの道を小走りで急いでいた。


小鳥遊署の鑑識係に、西条、吉良、基山の三人と芹沢が集まっている。ビニール袋に包まれたクマのぬいぐるみに目をやりながら、西条が言う。

「逃げたとなると、このクマの本当の持ち主は小湊さんで、階段から被害者を突き飛ばした犯人ということなんでしょうか」

西条はあらためてクマをじっと見て、何かに気づく。クマの体のパッチワークの中に、洋服の生地がある。

「……この模様って」

西条は慌てて、タブレットに保存してあった画像を出す。百合子が持っていた写真を撮影したものだ。そこに写っているのは、十八歳の百合子と当時の恋人。その百合子が着ているワンピースの模様が、クマのパッチワークの生地と同じ柄だったのだ。

「やっぱり、このワンピース……！」

何かを発見した様子の西条に、芹沢が訊く。

「どうかしたのか」

「小湊さんが持ってきた写真を、撮っておいたんです。ほら、同じ模様ですよね」

西条はそう言いながら、タブレットの画面をみんなに向ける。すると、覗き込んだ基山が別のことに気づいた。

「あ、このお寺、広島の呉市にあるお寺だ」

逃走した百合子は、まさに寺にいた。寺のベンチの前でひとり佇んでいると、そこに誰かがやってきた。

「……!?」

その人物を見て百合子は驚くが、すぐに嬉しそうに顔をほころばせる。

「……あなたは……！」

目の前に現れたのは、かつての恋人である十八歳の青年だ。その姿を見て、百合子に当時の記憶が蘇る――。

寺で再会した十八歳の百合子と青年が、向かい合って話をしている。

「ゆうくん、東京行っても元気でね。あんたなら絶対に頑張れる。うち、ずっと応援しとるけん……」

百合子は、精いっぱいの明るさで別れの言葉を口にする。

「……心はそばにおるけん」

そう言いながらクマを差し出しているのは——青年ではなく百合子だ。


「小湊さん！」

野村の声に、百合子がハッと目を覚ます。百合子は夢を見ながら寺のベンチで眠っていたのだ。


鑑識係の部屋では、写真から判明した新事実をもとに、西条、吉良、基山の三人と芹沢が話を続けている。クマを見ながら、西条が言う。

「このクマは、小湊さんが恋人からもらったものではなく、あげたものだったんですね。おそらく小湊さんは、自分が大事にしていたワンピースをクマにリメイクして、旅立つ彼にプレゼントしたのでしょうね」

「記憶の中で、立ち位置が逆になってたってこと……?」

「なんでまた、そんな間違いを」

疑問を投げかける吉良と基山に、西条が答える。

「もしかすると小湊さんには、認知症の兆候があったのではと」

「認知症ね……どうりで」と頷く吉良。

そこに、百合子を連れた野村が入ってきた。

「基山さんの読み通り、明櫻寺《みょうおうじ》にいました」と野村。基山が得意げに言う。

「あのお寺は、小湊さんの思い出のお寺によく似てますからね」

写真の背景から寺を特定した基山は、その寺によく似た近場の寺に百合子がいるのではないかと推測したのだ。

「すみません、お騒がせして……あの、私、お財布と鍵をどこかで落としてしまって……」

やはり認知症の傾向があるのか、ちぐはぐなことを話し出す百合子。そんな百合子を落ち着かせるように、芹沢が優しく話しかける。

「大丈夫です。落としてなんかいませんよ。それより、別れた恋人のこと、詳しく聞かせてもらえませんか」

すると百合子は、不安げに顔を上げて芹沢に訊く。

「あの、刑事さん」

「はい」

「あの人が、このクマを持っていた犯人だとしたら……」

そう口にした百合子の頭の中に、別れたときの青年の姿が瞬時に蘇る。あのとき青年は、クマを受け取り頷くと、「ありがとう。これからはちゃんと生きるよ」と力強く約束してくれたのだ。それなのに――。

元恋人が犯人だなんて信じたくないと思いつつ、百合子は震える声で続ける。

「それじゃあ、やっぱりあの人は改心できず、また罪を犯したってことでしょうか……？」

野村が百合子に訊く。

「小湊さん、その方の名前、教えていただけますか」

「ゆうくん……木村友司《きむらゆうじ》、です」

「ありがとうございます」

芹沢はそう言うと、野村とともにさっそく調査に動き出した。


夜になり、西条、吉良、基山の三人がいつもの居酒屋で酒を飲んでいる。

テレビからはマラソン大会の様子を伝えるニュースが流れていて、沿道の人々の「頑張れ、頑張れー！」という賑やかなかけ声が漏れ聞こえてくる。

西条はテレビに目を移し、苦々しい顔でつぶやく。

「『頑張れ』って言うだけ無駄だと思うんですよね。言われるほうも応えなきゃいけないし。ほら、ほらほら」

西条の目線の先には、ふらふらになりながら手を振って応えるランナーの姿がある。

「うーん。まあ、定型文みたいなもんですよね。お世話になっております、つまらないものですが、的な」

基山がそう答えると、西条はさらに毒づく。

「所詮、みんな自分のことしか考えられないんですから」

そんな西条の言い分に、吉良が口を挟む。

「でも、心理学的に見ると、周りの人間のうち二割は、本当の味方らしいわよ」

「絶対、2割もいません」

「西条、シビアね」

身も蓋もない西条に、吉良が降参したように言う。そこで基山が、思い出したように二人に訊く。

「……あ、そういえば、芹沢さんから聞きました？　小湊さんの恋人の話」

「はい。まさか十年前に病気で亡くなってたなんて……」と西条が答える。傷害事件の犯人かと疑われた百合子の元恋人は、すでに亡くなっていたのだ。

「その人は、ちゃんと小湊さんとの約束を守ってたっていうじゃないですか」

そう続ける基山に、吉良も頷きながら付け加える。

「真面目に働いて会社を立ち上げてたのよね。創業者として最期の最期まで、会社のために尽くしてた、って」

しかし西条は、このいい話を聞いても自分の考えを曲げない。

「たまたまですよ……たまたま小湊さんにとってその人が貴重な二割の人間だったたってことです」

と、吉良が突然何かに気づく。店にやってきた安達が、カウンター席に座ろうとしていたのだ。「え？　ちょっと……え？　やだ、連絡してよ〜！」と驚きながらも声をかける吉良。

「じゃ、どうぞ座って」

吉良が笑顔で席を勧めると、安達の顔がパッと嬉しそうになる。

「いいんですか」

吉良は素早く安達の分のビールと小皿を注文する。その流れに、西条はすかさず財布からお札を出して席を立つ。

「……すいません、私はここで失礼します」

「え、帰っちゃうんですか？」と寂しそうに訊く安達。「西条、せっかく来てくれたんだから、もうちょっといなさいよ」と吉良も西条を引き留める。

「どうせ来週には、食事しますよ」

西条がそう淡々と返すと、安達がすかさず言う。

「逆に、その前に、どうしても西条さんと話しておきたくて」

「はい？」

怪訝な表情で訊き返す西条に、安達が笑顔で尋ねる。

「西条さんの好きなものって、なんなんですか？」

「ひとりの時間ですね」

ウキウキの質問を西条に瞬殺され、言葉を失う安達。「バカ、違うだろ」と呆れたように吉良がつぶやく。そんな安達たちに構わず、西条は「また来週」と帰ってしまう。

安達は言葉を失ったまま、力なく椅子に座る。そんな安達を、吉良が明るく励ます。

「安達さんが悪いわけじゃないのよ。西条が人一倍キャパが狭いだけ」

その言葉に、基山が深く頷く。

「半径五メートルの世界でしか、生きられないんです」

安達が気に病まないよう、吉良はさらにフォローする。

「だから人と関わるって、それだけでキャパオーバーしちゃうのよ」


一足先に帰宅した西条は、ひとりパズルをしていた。真剣な眼差しでパズルを見つめ、素早くピースを埋めていく。

難解なイラストのパズルが、どんどん出来上がっていく。

完成したところで、西条はパズルを反対側から眺める。上下を変えると別の絵になる逆さ絵だ。その絵を、西条は満足げに眺めて嬉しそうな声を漏らした。

西条が去った後の居酒屋で、安達と吉良、基山がまだ酒を飲んでいる。

吉良がふとスマホを手に取り、ネットオークションを見た。ずっと狙っているアイドルのアクスタに、五万円の値がついている。

「え、嘘でしょ、ちょっと目を離した隙に五万って!?」と言いつつ、落札ボタンを連打する吉良。そんな吉良を横目に、基山が安達に訊く。

「ところで、安達さんは、西条さんの何がよくてデートに誘ったんですか?」

「……うーん、なんでしょうね」

「やっぱり、あのマニアックさがいいとか?」

「さあ……自分でもよくわからないんです」

安達は曖昧に答えると、いつものように微笑んだ。

月曜日——。

小鳥遊署の廊下を、芹沢と野村が話しながら歩いている。腑に落ちない表情で芹沢が言う。

「あのクマは、確かに小湊さんが初恋の彼に渡したものだった。ただ……どうも若林が引っかかる」

「でも、若林とクマの間に、つながりがあるようには見えないんですよね」と野村。

芹沢は少し考え込んだ後、やるべきことを決めた。

「……とにかく、クマの動向を洗うしかないな」


芹沢と野村はさっそく聞き込みを始めた。集合住宅前のゴミ捨て場で、クマの写真を手に管理人から話を聞いている。

「そう、これこれ。朝、ここのゴミ捨て場に置いてあったんですよ」

「……ゴミ捨て場に」

「たまたま通りかかった小学生が欲しそうに見てたから、渡したんだよ」

「日付、覚えてますか？」

野村が前のめりになって訊く。管理人は記憶を辿りながら答える。

「燃えるゴミの日だから木曜……。あ、確か四月一週目の朝です」

「……事件の翌日ですね……」と、野村が芹沢を見る。芹沢は顔を上げ、熱のこもった目でつぶやいた。

「すぐに燃やさないとまずい秘密が、あのクマに隠されてるってことか……」

その夜、西条は作業に追われていた。鑑識係のデスクでクマの体から指紋を採取しながら、うんざりした様子でぼやく。

「ただの落とし物だと思ってたのに、こんなことになるなんて……」

隣にいる杉田が、西条が採取した指紋を受け取り、パソコンで過去のデータベースと照合していく。

「前科者の指紋全部と合わせろって、芹沢さんも、まあまあむちゃぶりっすよねー」

パソコンの画面には、「不一致」という文字がむなしく点滅している。杉田の言葉に、あらためてうんざりした西条がつぶやく。

「……こんなことになるなら、あのとき捨てておくんだった……」

すると、杉田がすかさず西条をたしなめる。

「そんなこと言っちゃダメっすよー。被害者の人は、まだ意識不明なんすからぁ」

「……はい」

「俺って意外と熱いこと言っちゃう人なんすよー。基本、誰かを助けたいっていうのがあってー。募金箱あるじゃないすかぁ、あれ見ると素通りできないんすよね。基本、立ち止まります。で、基本、金払います」

杉田の熱血話の背後で、パソコンには「不一致」という文字が何度も繰り返し表示されている。西条はとことん疲弊し、じっと指紋を見つめ固まった。と、そのまま大きな指紋の渦が迫ってくるように見え、目が回ってしまう。

「……ダメだ」

西条は慌てて立ち上がるも、床にしゃがみ込んでしまい、ふらっと後ろに転倒しそうになる。

「うわ！　え、大丈夫っすか？」

「お〜、ごめんごめん」

杉田が慌てて駆け寄り声をかけると、西条はゆっくりと目を開けた。

「……」

顔を上げた西条の目に、逆さ状態の杉田の顔が映る。

「あれ？」

そのとき、西条の頭の中を、今回の事件に関するさまざまな情報が駆け巡った。

「記憶の中で、立ち位置が逆になってたってこと……？」という吉良の言葉——。

芹沢に見せられたスマホ画面に写っていた、自転車の荷台につけられたクマのぬいぐるみ——。

あの画像のクマの首に巻かれたリボンは、確か濃い赤色に見えた。でも、今机の上に置かれているクマのぬいぐるみは、首にピンクのリボンを巻いている。

「……あのクマ」

西条はハッと何かに気づき立ち上がると、目の前にある採取した指紋をじっと見つめた。

「この指紋……」

西条は保管してある別の指紋の束を取りに行くと、次々とめくっていき、ある指紋のところで手を止める。

「……やっぱり」

その瞬間、西条の頭の中でパズルのピースがカチッとはまる音が響いた。

「……はまったぁ」

翌日――。

小鳥遊署に呼び出された若林が、鑑識係の部屋のドアをノックする。

「失礼します」

芹沢は若林を部屋の奥に案内し、自分もソファに座った。

「いきなり呼び出して、すみません」

芹沢がそう口を開くなり、若林は食ってかかる。

「……まだ俺のこと、疑ってんの」

「いえ、それどころか申し訳ない気持ちでいっぱいです」

「はあ？」

芹沢の急な謝罪に、拍子抜けしたような声を出す若林。芹沢は若林の目の前にクマのぬいぐるみを置き、話を続ける。

「実は、このクマが、犯人の持ち物じゃないとわかりまして」

「……どういうことだよ」

「逆だったんです」

「逆？」

「このクマから、被害者の指紋が検出されたんです」

「え……」

若林の表情が変わる。芹沢が、西条から受け取った資料を若林に見せながら続ける。

「もしも、最初から加害者が持っていたとしたら、被害者の指紋がつくことはありえません。つまり、これは被害者の持ち物で、事故の後、犯人が奪って逃げたのです」

「でも……奪ったって、なんのために？」

「その辺も含めて、これから被害者の話を聞いて、調べ直します」

「……被害者の話……？」

「ああ、被害者の方、つい先ほど意識が戻ったんですよ」

「マジっすか……？　よかった」

若林の顔に驚きの色が浮かぶ。芹沢がその顔を見つめる。

「無関係だったのに、ご迷惑おかけして申し訳ありませんでした」

芹沢は若林に頭を下げると、若林の目の前にあるクマを手に取った。

「それ、後で戻しとこうか？」と島根が訊く。

「お願いします」

芹沢からクマを受け取った島根は、それを背後の棚に置いた。


その夜――。

電気が消された暗い鑑識係の室内の棚に、クマのぬいぐるみがひっそりと置かれたままになっている。そこに、何者かの手が伸びる。その手がクマを摑んだそのとき、パッと電気がついた。

「やっぱり、そのクマが欲しいみたいですね」

クマを盗もうとしていたのは――若林だ。若林は狼狽し、声が聞こえてきたドアのほうを振り向く。声の主は芹沢で、そこには西条、吉良、基山もいる。

「大変だったわねー、帰るふりして、ずっとトイレに隠れてたとか？」

吉良に行動を言い当てられ、黙り込む若林。そんな若林に芹沢が訊く。

「君は、そのクマの秘密を知ってるんだね」

「……」

黙ったままの若林を、芹沢が追い込む。

「そのクマは事件の直後、濡れていた。クマの写真を見て、うちの鑑識が気づいたんだ」

芹沢に見せられたスマホ画像のクマを思い出しながら、西条が言う。

「リボンの色が濃くなっていたから」

首に巻かれたピンクのリボンが赤色に見えたのは、濡れて色が濃くなっていたからだったのだ。

「写真のクマには、なんらかの液体が染み込んでいた。その液体、なんだと思う？」

「……」

芹沢の問いに答えない若林。芹沢は答えを待たずに続ける。

「調べたところ、弥彦村産の稀少な日本酒だった。君のバイト先の居酒屋で扱っているものと同じ」

「……」

「犯人は当時この酒を持っていた。そして、クマを手にした被害者男性と鉢合わせをし、なんらかの理由でもみ合いになった」

「……」

「犯人は、クマを調べられたらまずいと思い、ゴミ捨て場に置いて逃げ去った――どう？」

「……」

若林は何か言いたげだが、言葉が出てこない。そこに、西条が我慢ならないとばかりに口を挟む。

「……なんてバカな」

「……は？」

思わず訊き返す若林に、西条がまくし立てる。

「あなたが、自分の手でそのクマを燃やしておけば、こんなことにはならなかったんですよ……詰めが甘くないですか」

そんな西条を遮り、芹沢が再び話し出す。

「クマが保管されてると知り、署までのこのこ取りに来るなんて、そうまでして自分の身を守りたかったのか」

その芹沢の言葉に、若林がようやく口を開く。

「……どうしても、裏切りたくなくて……」

「……店長。いっつも俺にむちゃぶりするくせに、俺がお客さんに怒られたりすると、絶対助けてくれて。あの日もそうだった……。正社員になったばっかのときに、俺、配達でミスして……。そのとき、店長が……」

話しながら、若林は事件当日のことを思い出す——。

居酒屋の店内で、若林が電話で謝罪をしている。

「申し訳ありませんでした！」

電話の向こうの相手に、何度も頭を下げながら謝罪する若林。店長の木之本が、その様子を心配そうに見ている。

電話を切った若林に、木之本が酒の包みを差し出した。弥彦村産の稀少な日本酒だ。

「おい、これ持ってお客さんにちゃんと頭下げてこい！」

「え……でも、こんな大切な酒……」

戸惑う若林に、木之本は優しい表情で言う。

「いいってことよ。その代わり、この先たっぷり稼いでもらうからな！」

「……店長。ありがとうございます！」

酒を受け取った若林は、お客さんの元へと急いだ。

必死で走る若林。と、クマを手に酔っ払って歩いている鈴川正《すずかわまさし》と、階段ですれ違いざまにぶつかってしまう。地面に落ちたクマを見て、鈴川が若林に言う。

「痛えな！　お前、何するんだよ！」

「すみません、急いでるので――」

若林は謝って先を急ごうとするが、突然、鈴川に胸ぐらを掴まれた。

「！」

驚く若林に、鈴川が詰め寄る。

「ちゃんと謝れよ！」

「ごめんなさい、ほんとに急いでるんです!!」

しかし、鈴川はさらに若林に詰め寄る。

「待てよ、ちゃんと謝れって！」

「おい、触んなよ！」

鈴川に掴みかかられた若林は、鈴川の手を振り払おうとする。と、その拍子に、鈴川が階段から足を踏み外した。

「!?」

二人は、もみ合いながら階段を転げ落ちていく。そのとき、抱えていた酒が地面に落ちた。若林が痛みを堪えながら顔を上げると、鈴川が階段の下で血を流して倒れている。呆然とする若林。と、そこに通行人の笑い声が聞こえてきた。若林はハッと我に返り、落ちた酒を拾って逃げようとする。と同時に、こぼれた酒が近くにあったクマにかかった。若林は急いでクマも手に取り、その場から走り去った。

「そのとき、俺、パニックになって……」

若林は苦しげな表情で、話を続ける。

「店長の顔が浮かんで……店のためにも、こんなこと、絶対知られちゃダメだ、今逃げるしかないって思って」

西条が白けた目で若林を見ている。若林は気づかずに話を続ける。

「店長、俺のこと唯一信じてくれた人で……少年院あがりの俺を応援して、正社員にまでしてくれて……俺、人生かけて恩返しするって決めてて」

そこで、西条がまた我慢ならずに口を挟む。

「気を使うところ、間違ってませんか?」

若林が西条を見る。西条は若林を見据えて言う。

「あなたがひとりの人を悲しませたくないという理由だけで、どれだけの人に迷惑がかかったか、わかりますか?」

めずらしくいいことを言う西条を、芹沢が感心したように見る。西条はさらに続ける。

「あなたがその場で罪を認めていれば、こんな大ごとにはならなかったんですよ。倉庫の棚はきれいに片付いた。私が残業する必要もなかった。クマの指紋を採る必要もなかった――」

やっぱり、西条は自分のことしか考えていない。芹沢は呆れ、すぐさま西条の話を遮って若林に訊く。

「どうして被害者がそのクマを持っていたと思う?」

「……さあ」

「このクマは、もともと小湊さんの初恋の彼のものだった。彼は上京した後、小湊さんとの約束を守り、仕事を頑張って自分の会社を立ち上げたんだ。その後、優秀な部下にこのクマを贈り、さらにその人が自分の部下にプレゼントした。『このクマはビジネスのお守りだ』って」

「……」

「被害者は、あの日自分が認められて嬉しかった。それでそのクマを大事に抱えて帰る途中だったんだ」

「……!」

黙って話を聞いていた若林の顔に衝撃が走る。そんな若林に基山が言う。

「……あの場所、通報したら七分で救急車が来れたのに」

「……」

自責の念を滲ませた表情になる若林に、吉良も言う。

「あと、返報性の原理っていってね。人って、誰かに恩を受けてそれを返さないと罪悪感とか不安を感じるものなの。あなたの店長への気持ちは、全部独りよがりなエゴなの」

「……じゃあ、どうすりゃ、よかったんだよ……」

追い詰められた若林は、開き直ったように口を開く。そして、自分の人生への不満をぶちまける。

「俺みたいなやつが何言ったって、どうせ誰も信じてくれねえんだよ！　お前らにはわかんねーだろ!!」

すると、声を荒らげる若林とは真逆の平坦な声で、西条が言い返す。

「わからないですよ。あなたのことは、あなたが考えるべきことです」

予想外の反応が返ってきて、若林は返答に詰まる。

「定時を過ぎました。お先に失礼します」

西条がそう言って部屋を出ていくと、吉良、基山の二人もそれに続く。

「……くそっ」

若林は、悔しさとふがいなさからデスクに自分の拳を打ち付けた。

「結局、ここに置く羽目に……」

翌日、保管倉庫で西条がまた苦悩していた。目の前の棚の隙間に、クマを押し込む。前と変わらず、その右手がはみ出している。

「……」

イラついている西条に、その後ろにいた島根が訊く。

「そもそもこのクマちゃんは、なんでここに来たの？」

「調べたところ、ゴミ捨て場から持ち去った小学生が、母親に叱られ、小鳥遊署の前に置いていったらしいです。で、その後――」

クマを倉庫に連れてきたのは、なんと署長の御手洗だった。子どもが小鳥遊署の前に置いていったクマを出勤してきた御手洗が見つけ、「……カワイイ」と手に取ると、この倉庫の棚に置いていったのだ。

「ったく、余計なことを……」

苦々しくつぶやく西条を、杉田がなだめる。

「ま、いいじゃないすかー、今度は期限付きだし」

杉田の言う通り、以前は空欄だったクマのプレートの「返却先」の欄に、今は「鈴川正」とある。

「……」

プレートじっとを見つめる西条に、杉田があっけらかんと言う。

「被害者さん、回復してよかったたっすねー。これでクマさんも家に帰れるし、めでたしめでたしじゃないっすか」

島根が隣にいた芹沢に訊く。

「あの居酒屋、新しい従業員雇うらしいね？　まー、それも仕方ないか」

「ええ。ただ店主も、若林さんの頑張り次第で、もう一度面倒を見てもいいと言っているそうです」

その芹沢の話に、西条が顔を歪める。

「だから、それが無駄なんですよ」

「え」

「人の情とか恩とか？　そういうのは、大事なとこで足かせになる」

「足かせって、お前……」

西条の血も涙もない言い分に、少し引き気味になる芹沢。杉田も反論する。

「それは紙一重じゃないっすか。小湊さんの彼氏さんは、小湊さんの応援をプラスに生かせたんすから」

しかし西条は、やはり自分の考えを譲らない。

「それでも、他人に変な思い入れを持たないのが一番ですから」

「……頭ではわかってても、思い通りにいかないのが、人間だろ」

呆れ顔で言い返す芹沢。と、そこで島根があることに気づいた。

「っていうか、めずらしいね。西条さんが、定時過ぎても残ってるの」

「――え」

ハッとして腕時計を見る西条。その拍子に、手に持っていたボードが落ちる。

安達と待ち合わせした時間は、すでにとっくに過ぎていた。


西条に待ちぼうけを食わされた安達は、ひとりファミレスの店内で不安げに佇んでいた。店員が水を注ぎに来るが、もうすでに五杯目だ。

「……」

スマホの時計を見つめていると、ふと誰かが来た気配を感じる。顔を上げると、そこには慌てた様子で走ってくる西条の姿が。

「五十七分の遅刻をしてしまい、申し訳ありませんでした。面倒な仕事を終えたばかりで、つい油断してしまったんです」

西条の謝罪を聞きながら、安達は黙って俯いている。さすがに怒らせてしまったかと思った西条が、再び口を開く。

「あ、安達さん……？」

すると、安達は突然立ち上がり、ガバッと頭を下げる。

「すいません！」

「はい？」

呆気に取られる西条。安達が続ける。

「俺、どうしてもわからなくて……」

「な、何がですか」

「西条さんの欲しいもの……。何をプレゼントすれば喜ぶのか、考えても全然わかりませんでした」

「あ〜……」

「しまいに、西条さんをデートに誘って正解だったのか、それすら、わからなくなってきて」

「はぁ〜……」

「そもそも、西条さんを喜ばせるなんて、俺には無理な気がしてきて」

「あ〜……」

「ただ……応援なら、できるかなって」

「……は？」

突如として出てきた〝応援〟という言葉に、西条の表情が変わる。安達は真剣な眼差しで続ける。

「俺、きっと応援したいと思ったんです。西条さんのこと」

西条は辟易とした様子でつぶやく。

「……あ〜、あなたもそういう系で」

「え……？」

「いや、いいんです。あと一時間三分あります。とりあえず食べましょう、ええ」

西条は安達の向かいに座り、メニュー表を開きながら言う。

「はい」

安達もメニューを開き、注文を考える。

「何にしましょうか。俺はハンバーグ……あ、パスタ、シェアしませんか？　西条さんの好きなもの、どれか――」

そう尋ねながら西条を見ると、メニューを開いたまま居眠りをしている。

「……」

そんな西条の寝顔を微笑みながら見つめる安達。西条はもちろんその視線に気づかず、すっかり爆睡モードに入っていた。

この日は金曜だが、めずらしく吉良も基山もいつもの居酒屋に立ち寄っていなかった。吉良は娘の藍が通う塾の前にいた。藍は自転車置き場で、迎えに来た母親にテストの点数について嬉しそうに話す同級生を、ひとり寂しそうに見つめている。

「藍」

「ママ！」

突然声をかけられて驚く藍に、吉良は包みを差し出す。

「はい、これ」

「何？」

中身を尋ねる藍に、吉良は照れ隠しのように素っ気なく答える。

「こないだ欲しがってたやつ」

藍が包みを開けると、それはアクスタだった。吉良がオークションで粘り、やっと五万円で落としたものだ。

「ＢＵＤＤｉｉｓだ！」

包みを開けて声を上げる藍に、吉良が念を押すように言う。

「あんたの推しでしょ？　たまたまね、たまたま、手に入って」

「……嘘」

「え、嘘じゃないよ！　ほんとにたまたまだから――」

少しムキになる吉良。と、それを遮るように藍が笑顔で歓声を上げる。

「嬉しいー!!　これ、ずーっと欲しかったの！」

藍は「ママ、大好き。ありがとう」と言いながら、吉良に抱きつく。そんな藍を見て、吉良も優しい表情を浮かべた。


一方の基山は、疲れた様子で真っすぐ帰宅していた。

「ただいま……」

居間には、スマホを見ている文太と、ペディキュアを塗っている沙織がいる。

「お腹すいた……。今ご飯作るね」

基山が二人に向かって言うと、沙織が答える。

「あ、いいよ。うちらもう食べた」

「え、私の分は」

驚いて訊く基山に、文太がスマホを見たまま答える。

「ないよ」

「はあ？」

ガックリしつつ、ふとテーブルに目をやると、そこには煙草の吸い殻の入った灰皿がある。それを見て、基山の顔色がサッと変わる。

「……え、もしかしてお父さん、来た？」

「んー、でもまた、どっか行っちゃったぁ」

ペディキュアを塗りながら呑気な声で答える沙織。

「もう、部屋で煙草吸わないでって言ってんのに……」

基山は文句を言いながら灰皿を片付けようとする。と、ふと部屋の片隅にある棚の引き出しが開いていることに気づく。慌てて引き出しの中を確認しだした基山の動きが、ぴたりと止まる。

「……ない……通帳」

基山はそうつぶやくと、膝をついてうなだれた。


ファミレスを後にした西条と安達が、マンションに帰ってきた。

「今日は、ほんとありがとうございました」

マンションの前に着いたところで、お礼を言う安達に西条が頭を下げる。

「申し訳ありません。二時間のうち、五十七分遅刻をして、五十二分居眠りするという失態をさらしてしまいました……」

気まずそうに謝罪する西条に、安達がおそるおそる訊く。

「それで……どうでした？」

「ん？」

「俺と一緒にいて、疲れましたか……？」

西条はいつも通りの無表情で答える。

「いや。むしろ、眠ってましたから」

「……よかったぁ……」

安堵の表情を浮かべる安達を、西条がじっと見る。安達は緊張の糸が切れたように喋り出す。

「実はずっと考えてたんです。起こしたほうが西条さん的にはいいのかなあって……。ほら、寝るのは家でもできるけど、ファミレスのご飯はファミレスでしか食べられないじゃないですか。……あ、そうだ、もしよかったら、今度あらためて――」

と、その安達の誘いに被せるように西条が言う。

「おやすみなさい」

安達は唖然とするも、すぐに笑顔をつくり挨拶を返す。

「はい、おやすみなさい」

階段を駆け上がる西条の後ろ姿を見つめた後、安達は少し落ち込んだ表情で階段を上ろうとする。すると、西条がふと足を止め、階下の安達に向かって言う。

「……あ、ただ、引っ越しをするのはやめようと思います」

「え？」

驚く安達。西条は続ける。

「私にとってあなたは、特に害がないとわかりましたので。おやすみなさい」

安達は、驚いた表情のまま固まっている。西条はそんな安達の顔も見ずに、部屋に入ろうとする。

じわじわと喜びが押し寄せてきたかのように、安達の顔がほころぶ。次第に抑えきれなくなり、左手を突き上げ「やったー!!」と大きな声で叫んだ。

安達の歓喜の雄叫びに驚いた西条は、階段の下を覗き込み、信じられないといった表情でつぶやいた。

「……なぜ、こうなる……」

3

金曜日——。

「そんなスピード出しちゃダメですよ」

「気をつけてください」

基山と同僚の大道が、公道に立ち交通の取り締まりを行っている。

「よーし、そろそろ切り上げるか」

大道が声をかけると、基山は疲れた様子でぼやく。

「なんで違反ってなくならないんでしょうね……」

そのとき、近くで自転車のベルの音がする。

「はい、どいてどいて。ビーケアフル、ビーケアフル。どいてどいて」

自転車に乗った派手なシャツの中年男性が、大声を上げながら歩道を走っている。

基山が声のするほうを見ると、自転車に乗った男も驚いた顔でこちらを見ている。

「あっ……見つけた」と目を見開く基山。男は慌てて自転車の向きを変え、来た道を引き返し逃走する。

「大道さん、ここは任せます！」

そう言い残し、基山は男を追って走り出す。

「ちょっと！　待ちなさい！」

「指名手配犯？」

大道は突然のことにきょとんとしたまま、基山の後ろ姿を見送った。


全速力で走る男の自転車を、基山が必死の形相で走って追いかける。

「待ちなさい！　そこの自転車、止まりなさーい！」

基山の声を無視して、男は急カーブして路地に逃げ込んでいく。

「この町で私から逃げ切れる犯人なんていない」

基山はそう言って立ち止まると、ブツブツとつぶやきながら目を閉じて考える。

「この道の先はT字路……右折したら白バイが取り締まりをしているのが見えるから、確実に左折……入り組んだ路地に入って何度も曲がって、遠くに逃げた気になって出てくる先は……」


考えた末、基山は別の道に素早く移動した。

「ここに来るはず。このチャンス絶対に逃せない……」

角に隠れて、路地から出てくるはずの男を待つ。

「三、二、一……確保！」

と、カウントダウンに合わせて飛び出す基山。そこに男がちょうど走ってきて、慌てて急ブレーキをかける。

「オーマイゴッド！　なんで行き先わかんだよ！　お前あれか？　俺のストーカーか!?」

驚きのあまり文句をつける男に、基山が苛立ったように言う。

「は？　それが娘ってもんでしょ」

そう、男は基山の父・基山和文《もとやまかずふみ》だった。

「んなわけねえだろうが！」

和文は言い返すと、再びターンして自転車を押しながら逃げていく。

「あ、どこ行くの！　クソ親父！　ていうか通帳返せー！」

先日、不在中にこっそり盗られた通帳を取り返すべく、基山は必死で追いかける。が、すぐに足がつって転んでしまう。

「痛っ！　いった……いったー」

足をさすりながら、基山はため息をつく。

「どうした!?」

基山の声に驚いて振り返る和文。

「足つった！」

「あー、伸ばせ伸ばせ！　すぐに伸ばせ！　しっかり伸ばしとけよ！」

基山に声をかけながらも、和文は自転車にまたがりそのまま立ち去ってしまう。

「ちょっと、どこ行くのよ！　ねえ！　クソ親父！　通帳は!?　ねえ！」

基山は叫ぶが、和文の背中は遠ざかっていく。その後ろ姿を見据え、決意に満ちた声で言った。

「もう次は絶対逃がさない……」


いつもの居酒屋に、西条、吉良、基山の三人がいる。テレビからは心霊番組が流れていて、霊能者が語っている。

『幽霊というのは、この世に未練を残した存在なのです。私に何か伝えたいことがあったんでしょう』

その話を聞き流しながら、吉良が呆れたように言う。

「未練のない人間なんて、なかなかいないと思うけどね。みんな幽霊になっちゃうじゃん」

西条はすかさず、真っ向から否定する。

「そもそも幽霊がいません。心霊現象はすべて科学で説明できます」

そんな西条に基山が言う。

「でも、祟《たた》りとかあるじゃないですか」

西条はまたも、ばっさりと否定する。

「ありません。心霊現象も幽霊も、すべて人間の思い込みなんです。死後の世界という概念が存在しない文化圏では、幽霊の目撃というのは起こらないそうですよ」

基山が今度は吉良に訊く。

「ふ～ん。じゃあ、吉良さんはどう思います？」

「う～ん。心理学的に言うと、人間の目は見たいものを見る。だから、幽霊とかＵＦＯとか、信じてる人のほうが目撃しやすい」

「はあ……。じゃあ、西条さんの味方ですか？」

納得がいかない様子の基山に、吉良が首を振る。

「ううん、そんなことない。だって幽霊がいたほうが面白いなとは思うし。あ、私の知り合いの霊能者が言ってたんだけど、幽霊は理解してくれる人の前に現れるらしい」

「いろんな知り合い、いますよね」

「まあね」

吉良の交友関係に感心する基山に、吉良は得意げな笑顔で返した。そして西条に向かって言う。

「西条の前には絶対に出ないと思うけどね」

その皮肉も気にとめず、西条は頑《かたく》なに幽霊の存在を否定する。

「いないものは出ませんよ。当然です」

そこに、いつの間にか後ろの席に座っていた芹沢が口を挟む。

「幽霊、いるかもしれないぞ」

「会話に参加するの、やめてください」

冷たくあしらう西条を無視して、芹沢が続ける。

「ほら、たかなし小学校の事件あっただろ」

「続けないでください」

西条が止めに入るが、芹沢はまたしても無視して続ける。

「その現場検証で、あるものを発見した」

「続けるんだ」

思わず吉良が突っ込む。すると、西条が苦々しい表情で代わりに話し出す。

「思い出したくもない。あれも杉田が大量の指紋を採ってきて……」

基山が興味津々に訊く。

「何が見つかったんですか？」

「それは……」

もったいつけて答えようとする芹沢を遮って、西条が答える。

「怪文書です」

「おい、言わせろよ」と芹沢。基山は「怪文書?」と訊き返す。

そこで、まったく話が見えていない吉良がみんなを止める。

「私たち、そもそもその事件のこと知らないけど」

「ああ。三日前、たかなし小学校の今は使われていないうさぎ小屋から出火したんです」

芹沢は事件の概要を話す。

「火の手が上がっているのを近隣住民が発見して消防に通報が入った。火元は煙草の吸い殻なんだが、放火の可能性を疑っている」

西条が付け加える。

「ちなみに、その吸い殻は燃え尽きていて、唾液などは検出できませんでした」

芹沢は、現場検証したときのことを思い出しながら、話を続ける。

「そして、消火されたうさぎ小屋の中で、燃え残った封筒が見つかった」

芹沢たち警察が駆けつけると、うさぎ小屋は半焼した状態だった。その隅のほうに、ひっそりと封筒が置かれていたのだ。

「それが怪文書ってこと?」

吉良の問いに、芹沢はスマホに保存してあった写真を出して見せる。

「中身はこれです」

吉良と基山が、それを覗き込む。うさぎと植物がデザインされた便箋に、横書きで文字が書かれている。しかし、便箋は右の半分以上が燃えてしまっており、文字も途中で切れて暗号のようになってしまっている。

たばこのや
てんごくで
おれはじごく
さようなら

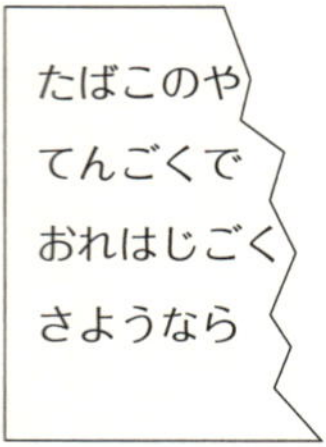
たばこのや
てんごくで
おれはじごく
さようなら

基山がその残された文字を読み上げる。

「たばこのや、てんごくで、おれはじごく、さようなら。なんですかこれ?」

吉良が考えながら言う。

「確かに怪文書ね。全部平仮名なのには何か意図があるのかも」

「たばこのや、ってなんですかね?」

首をかしげる基山に、「謎です」と西条。

「えっ、これを残して放火したってこと?」

吉良の問いに、芹沢が答える。

「その可能性があります」

「まあ、これ見たらそう思うか。たばこって書いてあるし」

「しかし問題は、内容よりもそこに付着していた指紋です。その指紋の主は川尻省吾《かわじりしょうご》、四十歳。勤務先の同僚が、川尻が所持していた写真を保管していました」

芹沢はそう言うと、一枚の写真をテーブルに置く。工事現場で撮影したと思われる集合写真で、作業員数名が写っている。吉良が真ん中にいる男性を指差して言う。

「えっ、やだ。イケメンいるんだけど～。ほら、見て」

「それが川尻です。写真は以前の職場のものらしいです」

芹沢の言葉に、吉良は写真を両手で持ってまじまじと眺め、「放火するような顔には見えないけど。無罪で！」と言う。

自分基準の判決を下す吉良に、西条が呆れる。

「勝手に決めないでくださいよ。重要な容疑者なんですよ」

すると、芹沢がすかさず口を挟む。

「それが、そうとも言えないんだ」

「なぜ？」

不可解な表情になる西条に、芹沢が驚くべきことを言う。

「川尻省吾は、一年前に病死していた」

「は？」

「怪文書に残されていたのは、この世に存在するはずがない指紋だった」

芹沢の話に、場の空気がひんやりと凍りつく。幽霊を信じない西条はひとり、不服そうに問いかけた。

「幽霊の指紋……とでも言いたいんですか？」


土曜日――。

芹沢と野村が、アパートの玄関先で事情聴取をしている。相手は川尻の別れた妻・小松美奈子《こまつみなこ》だ。

「川尻省吾さん、あなたの元旦那さんですよね？」

集合写真を見せながらそう確認する芹沢に、美奈子はいかにも迷惑そうに答える。

「もう別れて三年になります。はっきり言って関わりたくありません。失礼します」

美奈子はそのまま部屋に入ろうとするが、野村が慌ててドアを押さえる。

「昨年、亡くなられているのはご存じですか？」

芹沢が訊くと、美奈子は迷惑そうな表情のまま頷く。

「知ってます。ほかに身寄りがないっていって連絡が来ましたけど、そのときも関わるのは断りました。私たちを捨てて出てった人なんです！　もう思い出させるのはやめてください！」

美奈子は感情的にまくし立てると、玄関のドアをバンッと閉める。閉められたドアの前で、芹沢はため息をつきつぶやいた。

「……これ以上は無理か」

基山は休日を家で過ごしていた。居間で掃除をしていると、沙織が出かけようとしていることに気づく。基山は掃除機をかける手を止めて訊く。

「あ、もう仕事行くの？」

「ううん、今日は買い物ー」

「え？　仕事は？」

「あー、うちのネイルサロン潰れちゃったんだよね〜」

沙織が勤めるネイルサロンが潰れたことを知らなかった基山は、慌てふためく。

「え、嘘でしょ!?　潰れたの？　なんでそんな呑気なの？」

「逆になんでそんな焦ってんの？」

沙織は理解できないといった様子で訊き返す。

「え、いや。焦るでしょ。だって今無職ってことでしょ？」

「別になんかバイト探すし」

「いやいや、バイトって……せっかく勉強してネイリストになったのに」

がっかりする基山を、無職になった当の本人が励ます。

「お父さんだってあんな感じで生きてんだから。気楽にいこうよ」

そんな沙織を、基山が厳しくたしなめる。

「お父さんなんか絶対に参考にしちゃダメ！」

「蛙の子は蛙じゃん？　じゃあのー」

屁理屈をこねながら玄関を出ていく沙織に、基山はぴしゃりと言い放った。

「いや、お父さんは蛙にすらなれてないから。てか、ず～っとおたまじゃくし！」


聞き込み中の芹沢と野村が、今度は買い物帰りの主婦たちに話を聞いている。ひとりの主婦が言う。

「たかなし小学校って、昔から心霊現象の噂があるの」

「そうなんですか？」

「音楽室のベートーベンが動いたとか、火の玉が飛んでたとか。ねっ」

「まあ、そういう噂はどの学校にも……」

また幽霊の話かと辟易する芹沢に、主婦は脅すように付け加える。

「この間の火事だって、幽霊がやったんでしょ？　あなたたちも、呪われないように気をつけて」

芹沢の肩を叩いて去っていく主婦たちの後ろ姿を見ながら、野村がうんざりしたように言う。

「犯人は幽霊、なんてことあるんですかね？　心霊現象の噂、結構聞きましたけど」

「バカ言うな。犯罪を起こすのはいつだって人間だ。足で捜査し尽くせば、答えは必ず見つかる」

芹沢は野村を一喝すると、熱い眼差しで歩き出した。


基山と同じく休日を家で過ごしている西条は、マンションの屋上で洗濯物干しに没頭していた。洗濯物はきれいに整然と干されている。

「完璧……！」

西条は満足げな表情で洗濯物を見つめると、洗濯かごを持って階段を下りていく。と、ちょうど安達の部屋の前を通りかかったときに、中から「うわー！　いやー！」という大きな叫び声が聞こえてきた。

「!?」

何事かと足を止める西条。叫び声はなおも続いている。西条は安達の部屋へ近寄ってドアに耳を当てようとするが、勢いあまって頭をぶつけてしまう。頭をさすりつつ耳をそばだててみても、中からは何も聞こえない。

「えっ……？」

西条はおそるおそるインターホンを押すが、すぐには反応がない。

「まさか……」

最悪の事態を想像し、怖々とドアを見つめた。すると、ドアがいきなり開き、安達が顔を出す。

「うわ～！」

鉢合わせた西条と安達は、お互いに驚いて叫び声を上げる。ひと息ついて安達が言う。

「西条さん」

「生きてるならよかったです。では」

気にかけたことを後悔しながら、西条が手短に言って立ち去ろうとすると、西条がやってきた理由を察した安達が、申し訳なさそうに訊く。

「あ、もしかして、声聞こえちゃってました？」

「もしかしないレベルで。はい」

「すみません。ホラー映画見てて」

「どうぞお静かに」

そう言い残し部屋に戻ろうとする西条を、安達が慌てて引き留める。

「待ってください！　よかったら一緒に見ません？　ちょうど、井戸から女の人が出てきたところなんです」

「見ません」

すげなく返す西条に、安達が頭を抱える。

「あ！　ネタバレ。井戸から女の人が出てくるって言っちゃった……」

「見たことないですけどそれは知ってます」

西条のその言葉に安心したように、安達は再び西条を誘う。

「見たことないならちょうどよかった。見ましょう」

「別に見たくないから見たことないだけです」

再びすげなく返す西条に、安達が幽霊の真似をしながら言う。

「西条さんと一緒に映画見れないと、この世に未練を残して成仏できないかもしれない」

「もはや何をおっしゃってるのか理解ができません。失礼します」

西条は呆れ果て、とっとと自分の部屋へ戻っていく。閉まる西条の部屋のドアを見ながら、安達は首をかしげ、つぶやいた。

「ホラー、嫌いなのかな？」

月曜日――。

「おはようございます」

いつものように出勤する西条。鑑識係の部屋では、島根がすでに何か作業をしている。

「あれ？　これはどうなってるんだ～？」

聞こえよがしに独り言を言う島根を横目に、西条は自分のデスクに向かう。と、席に着いたところで、島根が最中を持ってそろりと近づいてくる。

「西条さん、最中食べる？　千成屋さんのね、上等なのがあるんだけど」

島根に背を向けたまま、呆れたように西条が言う。

「……何か手伝ってほしいことがあるなら、素直に言ったらどうですか」

「お願いしていい？」

小さくため息をついてから西条が訊く。

「何を手伝えば？」

島根はサンプルが入った封筒を西条に渡しながら答える。

「転落事故で意識不明になった人の指紋。身元確認してほしいって」

「あー、小鳥遊総合病院のやつ」

島根は西条の言葉に頷くと、申し訳なさそうに最中を西条の机に置く。

「急ぎじゃないんで。仕事増やしてごめんね」

「いただきます」

そこに、バタバタと騒がしく杉田がやってくる。

「せんぱ〜い！」

杉田は笑顔を浮かべながら、大量のサンプルを西条のデスクにドンと置く。

「何これ」

唖然としながら訊く西条に、杉田は元気いっぱいに答える。

「たかなし小学校の放火事件のやつです！」

「なんでこんなに？」

あまりの量に困惑する西条。すると、そこに突然、署長の御手洗が現れて言う。

「西条くん！　その事件は小鳥遊署の最重要案件だ！」

御手洗は苦々しい表情で一同に問う。

「幽霊が放火したなんて、くだらない噂が立っているみたいだね」

「ヤバいっすよね。えっ、署長は幽霊いると思います？」

署長相手にフランクに返す杉田を、島根が慌てて制す。

「杉田くん、いったん静かにね」

「はい！」

御手洗は嫌みたらしい口調で、再び一同に問う。

「もう事件が発生して一週間だ。いつまで待てば事件は解決するのかな？　一か月かな？　一年かな？」

西条は御手洗を無視して、パソコンに向かっている。そんな西条に、苛立った様子で御手洗が訊く。

「聞いているのかな!?」

西条に代わり、島根が歯切れ悪く答える。

「いや、あの刑事課一同、全力は尽くしているのですが……」

「一刻も早く解決してほしい。くれぐれもよろしく」

「かしこまりました」

御手洗は念を押すようにそう言うと、足早に去っていく。その間も、西条は気にする様子もなくパソコンに向かっている。御手洗の後ろ姿を見送ってから、杉田が言う。

「署長が来ることなんてあるんすね」

島根が不思議そうに返す。

「滅多にないよ。この事件、何かあんのかな」

「……」

西条は黙ったまま、何かを考えていた。


その日、たかなし小学校では、小鳥遊署交通課が主催の交通安全教室が行われていた。

校庭に横断歩道に見立てた白線が引かれ、そこで基山が低学年の子どもたちに渡り方を指導している。

「みなさ～ん。こんにちは～」

挨拶する基山に、子どもたちも元気よく返事をする。

「まずは信号の色を確認していきましょう。それでは今、信号は青です。手を大きく上げていきましょう」

設置された信号機を見ながら基山が手を上げると、真似をして子どもたちも手を上げる。

「せ～の、右、左、右」

基山の声に合わせて、子どもたちが右、左、右を見る。

「手を大きく上げたまま渡りましょう」

基山と子どもたちは、揃って歩き出す。その目の前を、見学していた中野翔太《なかのしょうた》という少年が走り抜ける。

「俺は車だー。ブーン、ブンブン」

そのおふざけにつられて、ほかの子どもたちも次々と走り出すのを基山がたしなめる。

「何やってるんですか？　真面目にやってください。ふざけていたら交通事故に遭いますよ！　ふざけちゃダメです」

それでも騒ぎ続ける子どもたちを、基山と教師が必死で落ち着かせようとする。と、そのとき、ふいに校庭の隅にあるうさぎ小屋が基山の目に入る。よく見ると、そこにひとりの少年がいる。

「あれ？　あんなところでサボってる子が……」

うさぎ小屋をじっと見ている少年に、基山が近づく。少年はうさぎのイラストが入ったTシャツを着ている。基山は隣にしゃがみ、優しく尋ねる。

「何してるの？　あ、かわいいTシャツだね」

「……」

何も答えない少年に、基山は戻るよう促す。

「今は交通安全教室の時間だからあっちに戻ろうか。ねっ」

すると、少年が基山に訊く。

「パパどこにいるか知らない？」

「え？　パパ？」

「パパ、どこかに行っちゃったんだ」

「……え？」

「パパ、いなくなっちゃった」

「それはお家にいないってこと？」

少し戸惑いつつ、少年に質問をする基山。そこに大道がやってくる。

「基山、何してんだ。ほら、次のあれやらないと」

「すみません。ちょっと待ってください」

基山は振り返って大道に言うと、再び少年のほうに向き直る。

「じゃあ、とりあえず交通安全教室に……」

が、そこに少年の姿はない。

「あれ？　なんで？」

少年を探して不思議そうな顔でキョロキョロと辺りを見渡す基山を、「基山、行くぞ」と大道が急かす。基山は腑に落ちない表情で頷いた。

「……はい」


西条は定時を過ぎても帰れず、作業を続けていた。その横では、杉田がラーメンの湯切りをしている。自分でＩＨコンロを持ち込み、夜食に本格的なラーメンを作っているのだ。鑑識係の部屋にやってきた芹沢に、西条は机の上のプラスチックコップを見せながら問題を出す。

「今、コップ触りましたね？　この指紋が検出できる期間はどれくらいでしょうか？」

「一年！」

芹沢の答えに、西条が速攻で不正解を出す。

「違います。プラスチックやビニールなどに付着した指紋が検出できるのは二、三か月ほどです」

「そんなに短い？」

「保存状態によっては、数週間で消えてしまいます。研修で習いましたよね？」

西条に冷ややかな目で問われ、芹沢は慌てて取り繕う。

「あー、そうだな。ど忘れしてた」

「ふーん、ど忘れ」

疑いの眼差しを向ける西条から目をそらし、芹沢が訊く。

「つまり、一年前に死んだ川尻の指紋がついているはずがないって言いたいのか？」

西条はすかさず否定する。

「いえ、紙についた指紋の場合は、数十年残る可能性もあります」

「ということは……」

考え込む芹沢に、西条は怪文書の便箋のキャラを指して付け加える。

「しかし、このチェリうさというキャラクターの便箋が発売されたのは半年前なんです。一年前に死んだ人間の指紋が残ることはありえない」

芹沢は再び考え込むと、思いついたように言う。

「どこかに同じ指紋の人間がいるとか……双子だ！」

「双子でも指紋は違います。研修で習いましたよね？」

西条はまたもや冷ややかな目で芹沢を見る。ばつが悪い芹沢は話題を変える。

「……それより、この怪文書謎だな。天国に地獄、どこかを縦読みするとか？　西条はどう思──」

その芹沢の話を、突如として西条が遮る。

「そもそもの話をしてもいいですか？」

「なんだ？」

「なぜ私は、月曜から残業しているんでしょうか？　明日でいいですよね!?」

キレ始めた西条を納得させるように、芹沢が言う。

「仕方ないだろ。早く解決しろっていう署長命令なんだから」

「それは私も聞いてますよ……何か別の凶悪な事件に関連しているとか？」

西条の問いに、芹沢が口をつぐむ。

「どうなんですか？」

問い詰められ、芹沢は渋々話し出す。

「……署長の知り合いの孫が、たかなし小学校に通ってんだよ」

「はい」

「その知り合いってのが地元の有力者で……」

「それとこれになんの関係が？」

「その孫が怖がってるから、早く解決しろって」

「……」

あまりにバカげた理由に西条は言葉を失った。芹沢は気まずそうに黙り込む。しばしの沈黙の後、西条は怒りに満ちた表情で声を張り上げた。

「はぁ!?」

そんな西条と芹沢を尻目に、杉田は出来立てのラーメンを食べ始めた。

「いただきまっす」


その夜、基山家の居間では、いつも通り姉弟それぞれが思い思いに過ごしていた。文太は基山が作ったチャーハンを食べていて、沙織は寝転がりスマホでゲームをしている。

そんな二人に、たんすの引き出しの中をゴソゴソと確認していた基山が訊く。

「……あれ？　ねえねえ、ここに入ってた封筒知らない？」

「封筒？　知らな〜い」と沙織。基山は嫌な予感がし、再び訊く。

「えっ。ねえねえ、お父さん帰ってきた？」

「うん、一瞬」

文太が答えると、状況を察した沙織が言う。

「ああ、お金か～。もう、そんなとこに置いとくからじゃん」

「置いてない。見つからないように隠してたの」

真剣な口調で返す基山に、沙織がさらに言う。

「いいじゃん別に、もう。大した金額じゃないでしょ」

その沙織の言い草に、基山が立ち上がって声を荒らげる。

「文太の参考書代だよ!?　金額の問題じゃないから！」

すると文太が、うんざりしたように口を挟む。

「参考書なんかいらないって」

「え？　だって夏期講習どうすんの？」

心配して訊く基山に、文太は素っ気なく返す。

「なんとかなるし」

そのやり取りを見て、沙織が呆れたように言う。

「てかさ、お姉ちゃんってなんでそんな親みたいなこと言うの？」

「え？」

思わず訊き返す基山。すると、文太もここぞとばかりに沙織に便乗する。

「そうだよ。俺のことなんか放っておいてくれていいから」

そんな二人に、基山は説教じみた口調で言う。

「放っておけるわけないでしょ。誰のおかげで生活できてると思ってんの？」

しかし、沙織はまともに取り合わずに笑い出す。

「マジ親みたい。ウケる」

基山家は母親が早くに亡くなっていて、父親はロクに働かずふらふらしている。そんな状況だから、基山は長女として必死で親代わりを務めているのだ。それを理解してくれない二人に、基山は大声で嘆いた。

「はあ？　私だって親みたいなこと言いたくないから！　もう」


作業を終えた西条と芹沢が、タクシーで帰宅している。

「残業反対、定時を厳守で健全労働。残業反対、定時を厳守で健全労働」

隣でブツブツと主張を唱える西条に、芹沢がうんざりとした様子で言う。

「その念仏やめろ。タク送してやってんだろ」

そんな芹沢に、西条がすかさず言い返す。

「経費で落とすんですよね？」

「……」

「自分の手柄みたいな言い方して」

言い当てられた芹沢は、もっともらしく答える。

「経費にするのだって楽じゃないんだぞ。あ、運転手さん、そこ曲がってください」

と、芹沢がタクシーの運転手に指示を出し、タクシーは角を曲がる。西条のマンションとは逆の方向だ。

「いや。まだです、まだです」と西条。運転手が「え？　どうしますか？」とルームミラー越しに訊いてくる。芹沢が言う。

「いやいや、大丈夫です。いったん、そこで停まってください」

「なぜ？」

タクシーが停車する。窓の外に小学校らしき建物が見える。

「ここだよ。たかなし小学校」

「……」

黙り込む西条に、芹沢が言う。

「現場を見たら、何か気づくこともあるかもしれないだろ？」

勝手に連れてこられたことに怒りを覚えている西条は、淡々と返す。

「仕事の話は残業と見なします」

「ほんと、お前……」

「お前って言わないでください」

小競り合いをする二人に、運転手が訊く。

「お客さんもあれですか？　幽霊の噂ですか？」

「あ……」

またかという顔をする芹沢に、運転手が言う。

「最近ここを通ると、幽霊の話する人が多いんですよ。さっき乗せた人も言ってましたねぇ」

西条は鼻で笑い、いつものように幽霊の存在を否定しようとする。

「幽霊だなんてバカバカしい――」

と、突然、隣の芹沢が絶叫する。

「うわあああああ！！！」

「なんですか!?　急に！」

驚いて眉をひそめる西条に、芹沢は窓の外を指差しながら言う。

「ゆ、ゆ、ゆ、幽霊だ……」

西条は芹沢が指差す方向を見る。それは小学校の校舎の窓で、室内にゆらゆらと火の玉が浮いているように見える。

「火の玉……？」

じっと窓を見つめながら、西条がつぶやく。芹沢はそのつぶやきを無視して、怯えた声で運転手に頼む。

「運転手さん！　早く出してください！」

「でも」

西条が窓の外を見ているため、運転手は発車をためらう。しかし芹沢は、必死で発車を急かす。

「呪われるだろ！　早くー！」

「かしこまりましたー！」

芹沢の気迫に、運転手はタクシーを急発進する。走り出したタクシーの中で、西条が芹沢の顔をジーッと見て半笑いで訊く。

「芹沢さん、もしかして幽霊怖いですか？」

言い訳のしようもない芹沢は、堂々と開き直って答えた。

「幽霊なんか誰だって怖いだろ！」

木曜日――。

小鳥遊署の廊下を歩きながら、芹沢が野村に昨夜の火の玉の件を話している。廊下の向こうから西条が歩いてきているのに気づいていない芹沢は、狼狽する昨夜の姿とは裏腹の強気な態度で言う。

「火の玉も実際見たら、あんなもんかーって感じだったけどな」

「さっさと事件の謎、暴いてやりましょうよ」

事件解決に意気込む野村が、気合十分な口ぶりで言う。芹沢は同じく気合十分な口ぶりでこう返す。

「よし、じゃあ小学校の聞き込みは……うん、お前に任せた」

「え？　芹沢さん行かないんですか？」

「俺は周辺を当たる。おい、早く行けよ」

野村の前では強気を装っているが、やはり芹沢は幽霊にビビっているのだ。と、次の瞬間、その様子を西条が見ていたことに気づき、芹沢は決まりが悪そうに下を向く。すれ違いざまに「フッ……」と西条に鼻で笑われ、芹沢は焦ったように言い訳をする。

「えっ、違くて。その……」


たかなし小学校の校庭で、交通安全教室の片付けを終えた基山と大道が教師と話をしている。

「今日もありがとうございました～」

お礼を言う教師に、基山が笑顔で答える。

「いえいえ。みんな真剣に聞いてくれて嬉しかったです」

そのとき、うさぎのＴシャツを着た少年が近くを走り抜けていく。

「あの子……ねえ、ちょっと待って」

気になった基山は、少年の後を追いかけていく。


少年は昨日と同じようにうさぎ小屋を見ている。追いついた基山が少年に話しかける。

「こんにちは。パパに会えた？」

少年は首を横に振る。

「まだ見つかってないの？」

基山が訊くと、少年は寂しそうな表情で答える。

「パパは、僕のことなんかいらないんだ」

「……え？」

「約束したのに」

「約束？」

「もう、もくもくしないって」

「もくもく？」

「会いに来てくれるって言ったのに」

そこに突然、男の叫び声が聞こえてくる。

「うわっ！」

基山が声のほうを見ると、ちょうど聞き込みに来ていた野村が近くで転倒している。

「いってぇ……」

基山は驚き、「ごめん、ちょっとお姉さん行ってくるね」と少年のほうへ向き直る。しかし、そこに少年の姿はなかった。


「痛てて……痛い、痛い」

小鳥遊署に戻った野村が、医務室で吉良に診察をしてもらっている。足を触られて痛がる野村に、吉良が少し考えてから訊く。

「まさか、何もないとこでつまずいたとか言わないわよね？」

「なんでわかったんですか？」

言い当てられ驚く野村に、吉良が言う。

「消防の知り合いも、あそこの現場検証で怪我したって言ってたのよね」

「というと？」

「幽霊の呪いだったりして〜」

「え？」

脅かすような吉良の言葉に、野村は思わず固まった。

西条と杉田は、この日もたかなし小学校から収集したサンプルの解析を進めていた。

「はぁ……これが終わればギリギリ定時だ……」

西条が定時に帰るべく追い込みをかけると、芹沢と島根が野村のケガについて話しながらやってくる。

「これ、やっぱりほんとに幽霊のせいなんじゃない？」

「いやいや、野村がどんくさいだけですって」

島根の問いを否定する芹沢に、島根がさらに言う。

「でも、現場に最初に着いた巡査は骨折したらしいよ」

「え？　そうなんですか？」

島根の話に食いつく芹沢。西条はたまらず、ため息とともに振り返る。

「みなさん、幽霊だ呪いだって正気なんですか？」

西条のその言葉に、芹沢が反論する。

「お前だって火の玉見ただろ。今回の出火と幽霊、切り離して考えられるか？」

「いいですか？　早く事件を解決してください。あれもこれもと仕事を頼まれて一向に終わりません」

西条はうんざりした様子で文句をつける。そんな西条に、島根がおずおずと話しかける。

「それなんだけど……西条さん、今日お願いします！」

島根の言葉に、西条は信じられないといった表情で勢いよく立ち上がる。その目の前に大量の資料をドンと置き、芹沢が言う。

「小鳥遊署管内で起きた過去の放火事件だ。何か今回の事件と共通点がないか調べてみてくれ」

机の上に積まれた大量の資料を見つめながら、西条は言葉を失った。

いつもの居酒屋で、吉良と基山が酒を飲んでいる。普段より酔っている様子の基山が、吉良に絡んでいる。

「僕のことなんかいらないんだって、子どもに言わせるような親どう思いますか⁉」

「うーん、仕事が忙しいとかかな」

「そんなの言い訳です！　親には親の責任っていうのがあるじゃないですか！」

「ちょっと飲みすぎかなあ」

そこに西条がやってくる。

「お疲れさまです」

「西条めずらしいじゃん。仕事断んなかったの？」と吉良。西条は疲れ切った顔で言う。

「あれはもはや監禁と言えます。ブラックを超えた漆黒でした」

「あ、幽霊のやつですか？」

基山の問いに、西条が即座に答える。

「幽霊だとみんなが思い込んでいるやつですね」

その言葉に、酔った基山が机を叩いて食い下がる。

「幽霊ですよ。だって幽霊じゃないって証明できてないんですよね？」

「『まだ』証明できていないというだけです」

西条は突っぱねるが、基山は勝手に盛り上がり出す。

「ほーらやっぱり幽霊だー。幽霊確定～！」

西条はそんな基山を怪訝な表情で見てから、吉良に訊く。

「基山さん、どうしたんですか？」

「ちょっとペース速いの」

やけ酒のように酒をあおる基山を、吉良と西条は揃って心配そうに見る。その心配をよそに、基山は楽しげに西条に言う。

「あ！　あれ見せてくださいよ。怪文書」

「えっ？……いいですけど」

西条が怪文書の写真をスマホで開く。基山はその写真を見ながら、急にお題を出す。

「たばこのや……はい、吉良さんです。『たばこのや』のや！」

「や？」

「『や』から始まる言葉を考えるんです！」

基山のむちゃぶりに、吉良は困惑しながらもなんとか答えを捻り出す。

「え？　や、や……安売り」

「煙草の安売り。なるほどね～」

納得する基山に、西条が横から意見する。

「いや、煙草の安売りは違法ですね」

「あ、そういう話はしてません～。はい、西条さんです。西条さんが『や』！　西条さん、『や』を考えてください」

基山は取り合わず、次は西条にお題を出す。

「え……八百屋？」

西条は渋々ながら答えるが、基山は首を振る。

「……山羊座？」

基山はなおも首を振る。すると西条は、「休み。休み……休み……」とうわ言のように唱え出す。

「もう、ちょっと。自分が休みたいだけじゃん！　ダメなので飛ばします」

酔った基山が、西条を両手でつつく。すると、『休み』という言葉に反応した吉良が、西条に訊く。

「西条、明日休みじゃん。お隣のイケメンとデートの約束とかしてないの？」

「してません。私はあの人とそういう約束をするような関係性ではないんです」

そこに、駄々をこねる子どものようにテーブルを叩きながら、基山が不服そうに口を挟む。

「なーんで話変えるんですか〜！　変えないでくださいよ！　今はデートの約束とかそういう話をしてる場合じゃないんです！」

「うるさい……」

苦々しい顔で酒を飲みながら、西条がつぶやく。

「――約束？」

と、基山が何かに気づいたように、『約束』という言葉を繰り返す。

「たばこの……やくそく……」

基山はブツブツと続ける。

「もくもく……」

「もくもく?」

西条が訊き返す。すると基山がハッと顔を上げ、テーブルを叩きながら勢いよく立ち上がる。

「あ！　わかっちゃいました！　私、わかっちゃいました……！」

「基山さん？　大丈夫ですか?」と驚く西条。吉良も大声を出す基山を諫《いさ》めようとする。

そんな二人を気にせず、基山は独り言のように言う。

「わかったんです！　だから、この幽霊はあの子と親子で。っていうことはですよ、あの幽霊はあの子のお父さんなんですよ！」

要領を得ないことを言う基山を、西条が飲みすぎたせいかと気遣う。

「何を言ってるんですか?　いったん座りましょう」

そう言って西条は、店員に水を注文する。基山は興奮を抑えられない様子で吉良に訊く。

「吉良さん、吉良さん。幽霊っていつ現れるんですか?」

「知らないけど、幽霊だからまあ夜かな?」

吉良がなだめるように答えると、基山はハッとしたような顔でまたテーブルを叩いて立ち上がる。

「そうだよね、そうだよね！　だって夜にあの子に会えないもんね！　だから『さようなら』とか言い残したんだよ」

納得したように頷きながらテーブルの周りを歩き回る基山に、吉良はすっかり頭を抱えている。

「そういうことか！　わかった！　よし！」

ますます意味不明なことを言い出す基山を見て、西条は力強く水を差し出す。

「一刻も早くお水を」

しかし基山は、その西条の声をかき消すように勢いよく提案する。

「いや、今から幽霊に会いに行きましょう！　今すぐ行くんです、今なら絶対に会えます！」

「あ、でもさ、幽霊ってあのイケメンのこと？」

思わず訊き返す吉良。ひとり盛り上がっている基山は、またも勢いよく答える。

「そうです！　だから行きましょう！」

「ねえねえ西条、面白そうだし行ってみようよ」

イケメンと聞いて突然興味を持った吉良が西条を誘う。

「吉良さんまでそういうこと言うんですか？」

「だってほら、幽霊がいないって証明できるかもしれないし」

吉良にけしかけられ、西条はどうしたものか考え込む。

「い～……」

「やっと会える、やっと会える……嬉しい！」

そんな二人に構わず、基山は嬉しそうに跳びはねている。そして「会いに行くんだから！」と叫ぶと、ひとり店を飛び出していってしまう。

「ちょっと、ちょっと、ちょっと！　ちょっと待て」

そんな基山を止めようと西条が追いかける。

「あの、私払います！　私が払います。すみませ～ん。みなさん、申し訳ございません」

なんの騒ぎかと不思議な顔をしている店員と客に謝りながら、吉良も二人に続いた。


たかなし小学校の校舎の周りを三人が歩いている。

「あ～、イケメン幽霊楽しみだわ」

「わ～着いた～」

はしゃぐ吉良と基山の横で、西条は往生際悪くぼやく。

「来ちゃった……どうせ無駄足になるのに……」

「イケメン幽霊がいるかもしんないんだし」

「え!?　ちょっと、鍵かかってる。なんで」

先頭を歩いていた基山が門に鍵がかかっていることに気づき、残念そうな声を上げる。

「なんで鍵かかって……もう！　登ろう」

「やめて、やめて、やめて」

「登ります！　だって会いたい……！」

門をよじ登ろうとする基山に、西条と吉良が慌てて駆け寄る。このままでは不審者になってしまうと、必死で基山を止める。

「恥ずかしいから、もう」

「基山さん、落ち着いて」

と、吉良がふいに校舎の窓を指差して言う。

「あ！　ねえねえ。あれ」

西条と基山が指差されたほうを見ると、校舎の窓の中で火の玉が揺れている。

「火の玉だ……！」

基山がつぶやくと、次の瞬間、火の玉が消える。

「あ、消えた」と吉良。西条は黙ったまま、火の玉が消えた窓をじっと見つめていた。

三人は校門付近で警備中だった警備員の坂口《さかぐち》を見つけ、声をかける。

「巡回してましたけど、火の玉なんてどこにも。大体、あなたたちなんなんですか」

いきなり火の玉の話を持ちかけてきた三人を訝しがる坂口。すると吉良が、小声で西条に言う。

「西条、手帳出して」

「え？」

「いいから早く」

西条は渋々警察手帳を出し、坂口に示す。

「小鳥遊署、刑事課の西条です」

「刑事課……」

警察だと知り言葉を呑む坂口に、基山が頼む。

「お願いします。中を確認させてください」

「見たって何もないですよ？」

基山は引き下がらず、無邪気に返す。

「私たち、火の玉見たんです！」

坂口はため息をつき、呆れたように言う。

「だから、火の玉なんてないですよ」

すると吉良が前に進み出て、坂口の顔をしっかりと見据えて訊く。

「警備員さん、校内の状況を思い出してください」

「はい？」

「本当に何も目撃していませんか？」

坂口は何げなく目をそらすと、鼻を触りながら答える。

「そりゃもう何も」

吉良はそんな坂口の動きをじっと観察してから、不思議そうにしている西条の手を握り、手帳を坂口の顔に近づけて有無を言わさぬ口調で言う。

「刑事課です。中を確認させてください。失礼します、刑事課通りま〜す」

戸惑う坂口を押し切り、三人は門の中に入っていった。


一同は暗い校舎の中を進み、音楽室の前にやってきた。

「位置的に、この音楽室ですよね」と基山。坂口は鍵を開けると、電気のスイッチを押して三人を促す。

「どうぞ」

基山が先頭に立ち、ガラガラッと扉を開ける。音楽室の中を見渡す三人に、坂口が言う。

「ほら、何もないでしょ。もういいですか？」

急かす坂口の顔を、吉良がじっと見ている。ふと、坂口の目線が動いたことに気づく。

「あそこだね」

吉良の目線の先に、西条と基山が駆け寄る。そこには机や楽器のケースが置いてある。

「ちょ、勝手に触らないで！」

「はいはいはい、刑事課ですよ～」

坂口が焦ったように叫んで近寄ろうとするが、吉良が通せんぼをして止める。そのとき、西条が机の横の箱にかかっている布を取り、声を上げた。

「あった」

箱の中にあったのはドローンだ。ドローンにはボールのようなものがぶら下がっている。西条がボールのスイッチを入れると、ボールは赤く発光した。

「光った」と基山。

「火の玉の正体はこれですね？」

西条が確認すると、坂口は鼻を触りながら初めて見たかのように言う。

「なんだそれ。誰か侵入者が……？」

そんな坂口に、吉良が訊く。

「ねえ！　警備員さん、嘘ついてるよね？」

「なんで？」

訊き返す坂口に、吉良が嘘を見破った理由を並べる。

「あなたはあそこにドローンがあることを知っていた。隠したいものを無意識に見ちゃう人っているんだよね。そして、あなたは嘘をつくとき、鼻を触る」

坂口は慌てて、鼻を触っている手をサッと引っ込める。

「あなたがやったんですね。なぜこんなことを？」

西条が問い詰めるが、坂口はまだシラを切る。

「……知らない」

そんな坂口に、吉良が別の質問をする。

「警備員さん、煙草吸ってるでしょ？」

「え？」

「スモーカーズフェイスっていうのがあるんだけどね、特徴が出てる」

「それは今、なんの関係が……」

吉良のいきなりの指摘に、しどろもどろになる坂口。吉良はさらに追い詰める。

「煙草！　本当に関係ない？」

そこで基山が、ハッと気づいて声を上げる。

「まさか……この人がうさぎ小屋を!?」

坂口はうろたえつつ否定する。

「違う……！　俺じゃない……」

すると吉良は、わざとらしく驚いてみせる。

「へー、うさぎ小屋の火事の原因が煙草だって知ってるみたいな反応だね」

「それはお前……」

坂口は知ってて当たり前だというような素振りを見せる。吉良はすかさず西条に訊く。

「西条、それって発表されてんだっけ？」

「いや、知ってるのは警察と消防だけですね」

西条の言葉に、吉良は勝ち誇ったような顔で坂口を指差す。

「あなたが放火犯なんですね？」

西条にそう訊かれ、完全に逃げ場を失った坂口は、ガバッと座り込み土下座する。そして、その突然の行動に思わず悲鳴を上げた三人を前に、必死で言い訳を始める。

「すみませんでした！　でも、放火じゃないんです！　ただの煙草の不始末なんです！信じてください！」

そんな坂口を見て、西条は怯えたようにつぶやく。

「ど、土下座？」

「土下座してる。初めて見た」と吉良。

基山も信じられないといった顔で、西条の肩を揺らしながらつぶやいた。

「怖い」

小鳥遊署の取調室で、芹沢が坂口の取り調べをしている。

「それなら正直に言えばよかっただろ」

問い詰める芹沢に、坂口が弱々しく答える。

「……すいません。仕事中に現場で煙草吸ってたなんてバレたら……この仕事まで失ったら俺……あの学校、前から幽霊の噂あるんで、火事も心霊現象のせいにしたらごまかせると思って……」

「それで、あんな怪文書まで置いたってわけか」

芹沢が呆れたようにそう言うと、坂口が不思議そうに訊き返す。

「……え？　怪文書？」

「置いただろ、うさぎ小屋の中に」

「いいえ、知りません」

「え？」

「俺じゃないです、ほんとに」


取り調べを終えた芹沢と野村が、廊下を歩いている。

「あの怪文書、なんだったんでしょうね」

野村があくびをしながら芹沢に言う。芹沢はこれ以上幽霊には関わりたくないとばかりに、きっぱりと言った。

「もう調べる必要はない。事件は解決したからな」

役目を終えた西条、吉良、基山の三人が、玄関へ向かいながら話をしている。

「これで幽霊なんていないということが証明されました」

そう勝ち誇ったように言う西条に、基山が反論する。

「そんなことありません。手紙はあの警備員じゃないって言ってるし。幽霊の可能性はまだ残ってます」

「それが解明されるのも、時間の問題ですが」

どうしても幽霊を否定する西条に、基山が少しムキになる。

「私、あの子に会って、川尻さんの話聞いてきます」

「ご自由にどうぞ」

そんな西条と基山を見て、吉良が呆れたように言う。

「もうあんたたち、幽霊のことになるとすぐもめるんだから」

「だって、どう考えても幽霊じゃないですか！」

あくまでも幽霊だと主張する基山に、西条はうんざり顔で苦言を呈す。

「しつこいですね。いいですか？　今幽霊がいないとハッキリしたばかりなんです。それだっていうのにず～っと基山さんは……！」

つい強い口調になる西条を、吉良がなだめる。

「わかったから……」

と、そのとき、玄関を出て外を歩く三人の目の前に何かが垂直に落下し、ビチャッと音を立てて地面に落ちた。

三人は何事かと悲鳴を上げ、落ちてきたものを見る。それはなんと——魚だ。

「何何何？　何……何……何よ!?」

「えっ、えっ、えっ……？」

突然のことに三人は慌てふためき、思わず空を見上げる。

「え？　上から降ってきましたよね」と言いながら、ためらいなく魚を掴む基山。そんな基山に「あんたよく持てるわね！　何してんの!?」と吉良が突っ込む。西条はキョロキョロと辺りを見渡しながら、歩き回っている。

そんな西条を見て、基山が言う。

「ほら！　やっぱり幽霊の仕業だ……西条さんが幽霊なんていないって言うから！」

すると、西条はまるで焦っているかのように、早口で一気にまくし立てる。

「違います！　空から魚が落ちてくるのは、ファフロツキーズ現象と言います。この現象は古来から世界各地で確認されていますし、確かに原因は不明ですが、飛行機から落ちた、竜巻に巻き込まれた、鳥が運んできたなどが考えられます。それを幽霊の仕業だと断定するのはいかがなものでしょうか!?」

普段とは様子が違う西条に、基山が魚を手にしたまま訊く。

「……ビビってます?」

「ビビってないです」

基山が今度は吉良に同意を求める。

「ビビってますよね?」

「うん。どう見てもビビってるね」

しかし西条は認めず、自分に言い聞かせるように断言した。

「よくあるファフロッキーズ現象です!」

西条はそのまま、吉良たちに構わず足早に立ち去っていく。そんな西条を見送りながら、基山はなんと落ちてきた魚をレジ袋に入れようとしている。

「よし、持って帰ろ」

「えっ!? 持って帰んの!?」

ありえないという表情の吉良に、基山は平然と答える。

「当たり前じゃないですか。ご飯ですよ、ご飯」

吉良と基山と別れた西条が、ブツブツと独り言を言いながらマンションの敷地内を早足で歩いている。

「幽霊なんているわけない」

そこに、コンビニ帰りの安達が西条を見つけて駆け寄ってくる。

「お疲れさまです」

「ああ、どうも」

「こんな時間までお仕事ですか?」

「いろいろあったんですよ」

西条は適当に返しながら、階段を上る。

「ブラックですもんね。そうだ。西条さんに渡したいものがあるんですよ。幽霊の――」

と、西条はその言葉を遮り、いきなり声を荒らげる。

「幽霊なんて絶対にいません!」

西条は勘弁してくれといった様子で、安達を振り切りずんずん階段を上っていく。

「あ……」

残された安達は、西条が怒り出した理由がわからず、その場で固まっていた。

月曜日――。

仕事中の西条が、真剣な目でたかなし小学校の見取り図を眺めている。杉田が集めた指紋などの資料と見比べながら、自分に言い聞かせるように「幽霊なんて絶対いないんだ……」と小さくつぶやく。ちょうど別の現場から戻った杉田が、鑑識係の部屋に入ってくる。

「あれ？　それって解決しましたよね？」

「怪文書の謎はまだ解けてない」

西条が答えると、杉田と一緒に部屋に入ってきた島根が言う。

「あ、それもう調べなくていいみたいだよ」

それでも個人的に納得できていない西条は、うさぎ小屋裏のフェンス辺りを指差して杉田に確認する。

「ねえ、この辺の指紋って採ってないの？」

「そんなところ、関係なくないっすか？　うさぎ小屋は全部調べましたよ。屋根の上まで」

西条は勢いよく立ち上がる。

「足りないよ！　まだ見落としてるものがある」

西条のその言葉に、杉田が目を輝かせながら答える。

「いやいや、マジっすか？　足りないなんて言われたら、俺黙ってられないっす。すぐ行ってきます！」

そう言うと杉田は、準備しようと駆け出す。すると、西条が思わぬ言葉を発する。

「私も行く」

島根は驚き、思わずしどろもどろになる。

「え!?　いやあの、これ調べなくていい……」

西条は島根を無視し、てきぱきと準備をする。杉田はそんな西条を嬉しそうに追いかける。

「先輩自ら現場に？」

「行くよ」

「見たことない光景が、今、目の前に！」

そう話しながらバタバタと部屋を出ていく二人を見送りながら、島根が小さく突っ込んだ。

「あの、もう調べなくて……。僕の話聞いてます？」


その頃、たかなし小学校近くの通学路では、基山が横断歩道の誘導をしていた。子どもたちは右・左・右と安全確認をしてから、手を上げて横断歩道を渡っていく。

「ちゃんと覚えてくれてる……！」

基山がひそかに感動していると、そこに翔太が走ってくる。

「ブ〜ン！　俺は車だ〜！」

交通安全教室のときにふざけていた少年だと気づいた基山は、翔太に声をかける。

「あ。ストーップ！　ねえねえねえ、ちょっと話いい？」

「何？」

「あのさ、いつもうさぎのTシャツ着てる男の子知らない？」

「うさぎ？」

「そう。友達じゃないかな？　この前ね、交通安全教室で一緒だったから、同じクラスかなと思うんだけど」

翔太は首をかしげ、周りの子どもたちに訊く。

「知ってる？」

子どもたちはみな、「知らない」と声を揃えて返す。

「うん、知らないよ」と翔太も答える。

「ほんと？」

「うん」

あの特徴的なTシャツをいつも着ている少年のことを、なぜ誰も知らないと言うのか。

基山は理由がわからず考え込んだ。

「おかしいな……」

たかなし小学校に到着した西条と杉田は、さっそく現場検証を始めた。

「西条先輩と現場なんてマジ嬉しいっす！　でもいいんすか？　勝手に捜査なんて」

「……」

西条は杉田の疑問を無視して、学校外周のフェンスの指紋をどんどん採っていく。

そんな西条の姿を見て、杉田は激しく感心する。

「うわ、そっかー、そこまでやらなきゃダメなんだ〜。先輩！　俺、次からはもっと頑張ります！　地球の指紋、全部採ります！」

没頭している西条は、杉田を無駄にやる気にさせてしまったことに気づかぬまま、じっと採取した指紋を見つめている。そして、あることに気づき嬉しそうにつぶやく。

「……やっぱり、幽霊じゃない！」

「どういうことですか？」と杉田。西条はフェンスを指差して言う。

「ここ。フェンスをよじ登るようにして、川尻の指紋がついてる。幽霊がフェンスをよじ登る？」

「幽霊はすり抜けますよ、そりゃ！」

「そうそう。だから、川尻は普通の人間。生きてる！」

「マジっすか!?　どこにいるんすか!?」

前のめりで尋ねる杉田。その質問に、西条は考え込んだ。

「それは……わからない」


小鳥遊署に戻ってからも、西条は川尻の指紋を見ながら考え続けていた。

先ほどまで西条の後ろで電話をしていた島根が訊く。

「西条さん、最中食べる？」

「私は何をしたらいいんですか？」

西条に行動を見透かされた島根が、気まずそうにお願いごとを切り出す。

「あっ……。あの、頼んでたあれ。今、催促来ちゃったんだよね」

「あれって？」

「あの、小鳥遊総合病院の」

「あ！」

それは以前、同じように最中を持ってきた島根から頼まれていた案件だ。西条は机に積まれた資料の山を掘り返し、渡されていた封筒を見つける。

「忘れてた……」

西条が大量の仕事を抱えていることを知っている島根は、申し訳なさそうに言う。

「先にやってくれたら嬉しいかなっていう……。あの、最中置いときます」

「次は最中以外も食べたいです」

西条はそう答えると、封筒を開ける。中に入っていたのは指紋のサンプルで、それを見た西条は目を疑う。そして、慌ててその指紋と机に置かれていた別の資料とを見比べる。

「これは……」

その瞬間、西条の頭に今回の事件の情報やデータが駆け巡る。西条は急いでスマホを手に取り電話をかけ、電話の向こうの相手に言う。

「芹沢さん、すぐに確認してほしいことがあります」

西条のその一連の様子を見ていた杉田は、興奮気味に叫んで、隣にいる島根の肩を揺らした。

「また指紋見ただけで何か気づいてる！　やっべー！　先輩すげー！」

西条からの電話を受け、芹沢と野村はすぐに川尻の元妻・美奈子の元へと向かった。

玄関に出てきた美奈子が、芹沢と野村に言う。

「何回も迷惑なんですけど」

「これだけ確認させてください」

芹沢はそう言うと、川尻たちが写った例の集合写真を見せる。

「この間も確認したじゃないですか」と、写真にちらりと目を向ける美奈子。芹沢は川尻だと思われている人物を指差し、あらためて訊く。

「川尻省吾さんはこの人物ですか？」

「え？　違います。省吾はこっちです」

美奈子はそう答えると、別の人物を指差す。

「え？」

西条の指示通り確認に来たものの、その理由を詳しく聞かされていない芹沢と野村は、美奈子の答えに啞然とし言葉を失ってしまった。

小鳥遊総合病院への道を、西条、吉良、基山の三人と芹沢、野村が足早に歩いている。

「何か聞いてますか？」

「いいえ」

野村が吉良に尋ねるが、吉良も西条から詳しい話は聞かされていない。

「おい、どういうことだ？　説明してくれ」

訳がわからぬまま西条の指示通りに動かされている芹沢が、西条に詰め寄る。

「幽霊に会いに行くんですよ」

「幽霊？　幽霊ってあの幽霊ですか？」

驚いたように訊ねる基山に、西条はきっぱりと答える。

「はい」

病院の中に入ると、西条はある病室の前で立ち止まる。

「ここに……？」と基山。西条が扉を開ける。が、病室の中には誰もいない。

「あれ？」

拍子抜けする西条。そこに、ちょうど看護師が通りかかり声をかけてくる。

「どうかしました？」

「この病室の人、知りませんか？」

基山がそう訊くと、看護師が驚きの声を上げ、空のベッドに駆け寄る。

「え!?　なんで!?　意識不明だったはずなのに！」

意識不明だった患者が意識を取り戻して消えたことに、看護師は慌てふためく。

「ここには誰が？」

芹沢の問いに、看護師は動揺が静まらないまま答える。

「転落事故で運ばれてきた人です」

西条がさらに質問をする。

「転落ってどういうシチュエーションかわかりますか？」

「確か……非常階段から落ちたって」

看護師はそう答えると、慌てて病室を出ていく。看護師の答えを聞いた瞬間、怪文書の中の「さようなら」という文言が、ふいに西条の頭の中に現れる。

「遺書……」

西条のつぶやきに、基山が「え？」と顔をしかめる。「遺書」の意味を察した吉良が言う。

「まずいかもね。早く捜さないと」

「手分けして捜しましょう！　芹沢さん、野村さんは非常階段を」

西条はてきぱきと指示を出し、吉良、基山とともに走り出す。西条たちが何を考えどこに行くのかわかっていない芹沢は、慌てて「お前たちは!?」と叫ぶ。そんな芹沢に、西条は足を止めることなく大声で答えた。

「上です！」


屋上への階段を駆け上がりながら、基山が西条に訊く。

「遺書ってなんなんですか!?」

「あの怪文書です。あれは遺書かもしれない」

西条の答えに、吉良が頷く。

「おれはじごく、さようなら。うん、ありえるね」

「だとしたら、まずいです」

「えっ？」


西条の読み通り、屋上には、今にも飛び降りそうな様子でフェンスの外に立つ男がいた。そこに西条、吉良、基山の三人がやってくる。

男を見つけた吉良は、息を切らしながら「あっ！」と叫ぶと、「待ってください！」と慌てて声を張り上げる。

その声に男が振り返る。男の顔を見て、基山は「ほんとだ……この人……」とつぶやくと、手に持った川尻たちの写真と見比べる。目の前にいるのは、川尻だと思われていた男と一緒に写っている男だった。

たかなし小学校のフェンスから採取した指紋と一致したのは、転落事故で小鳥遊総合病院に入院中の男の指紋だった。この男が小学校に侵入し怪文書を置いた男であり、本物の川尻省吾だと確信した西条は、本人に確認する。

「川尻省吾さん、ですよね？」

「……え？」

本当の名前を出され目を見開く川尻に、西条が強い口調で言う。

「あなたに死なれては困ります！」

「お前に関係ねえだろ！」

反射的に言い返した男に、西条はさらに強い口調で言う。

「困るんです！　謎が謎のままになってしまうから！」

「は⁉」

訳がわからず、思わず訊き返す川尻。呆れた吉良が「えっ、今それ言う？」と突っ込む。西条は構わず、基山が持っていた写真を奪って川尻に近づいていく。

「あの、あなた、戸籍売りませんでした？」

「知らねえ！　なんだよ、お前！」

問い詰められた川尻は慌てふためく。西条は「私はただ、幽霊がいないって証明したいだけなんです。はい」と言うと、写真の中の川尻と思われていた男を指差して続ける。

「この男は、あなたになりすまして生活をし、病死。無縁仏として処理されました。ここには何があったんでしょう？」

「何もねえよ！　戸籍なんか売ってない！」

口を割らない川尻に、西条が懇願する。

「このままだと怖い……あっ、気持ち悪いんですよね。答えてください」

「幽霊ってなんの話だよ！」

幽霊のことを絡めるがために錯綜する西条の話に混乱し、川尻はヒートアップしていく。その様子を見て、吉良が口を開く。

「ダメ、刺激しすぎ。私の出番ね」

と、吉良が一歩前に出ようとしたそのとき、吉良より先に基山が前に出る。

「え?」と基山を見る吉良。基山は川尻に近づくと、真っすぐに見据えて話し出す。

「息子さんに会いに行こうとしたんですよね。うさぎのTシャツの」

「え? 悠斗《ゆうと》……?」

基山が思った通り、少年は川尻の息子だった。悠斗という名らしい。基山はフェンスから身を乗り出す勢いで川尻に詰め寄り、続ける。

「父親として恥ずかしくないんですか!? 子どもに寂しい思いをさせて!」

西条と同じく、事件の本筋とは違うところで追い詰める基山に、「ったく、二人揃って……」と頭を抱える吉良。が、川尻は明らかに先ほどまでとは違う表情で黙り込む。

「……」

「あれ、様子が変わってきたか?」と、吉良は成り行きを見守ることにする。基山はさらに続ける。

「詳しくはわからないですけど、きっと約束したんですよね? 会いに行くって」

「だから、俺はもうこうするしか……」

うなだれてそうつぶやく川尻を、基山は厳しく叱責する。

「死ぬくらいなら、死ぬ気で約束守ったらどうなんですか!? 子どもは言い訳なんか聞きたくないんですよ！」

「……」

黙り込む川尻の表情から、心が動いているのがわかる。が、熱くなりすぎた基山は、つい私情を交えてしまう。

「なんでいつも大事なときにいないのよ！ クソ親父！」

「基山ちゃん？」

「クソ親父？」

思わず訊き返す吉良と西条。しかし、川尻の心には響いたようで、川尻は俯いたまま本当のことを話し出す。

「……守れなかったんだ……悠斗との煙草の約束……」

「それって……」

基山の頭に、怪文書の中の『たばこのや』という文言が浮かぶ。川尻は続ける。

「……悠斗、病気だったんです」

「病気？」

「俺は大好きだった煙草をやめる。そしたらきっと、悠斗の病気も治るからって約束したんです。なのに俺はそれを守れなくて……」

「治ったんだからそれでいいじゃないですか」

基山は先日会ったときの悠斗の姿を思い出しながら、川尻を励ます。すると、川尻の表情が一気に陰る。

「治ってません……」

「え？」

「手術は成功したんですけど……再発して一年ほど前に亡くなっていたことを知って……」

「亡くなった……？」

耳を疑う基山。川尻は後悔の念を強く滲ませ話を続ける。

「もうどうしていいかわからなくなって、謝りたくて……悠斗が大好きだったうさぎ小屋に手紙を置いたら届くような気がして。最後の別れのつもりで……」

「……」

基山は混乱し、言葉を失う。代わりに吉良が、ことの経緯を確認する。

「それで手紙を置いて、飛び降り自殺を図ったわけだ」

そこで西条が、我慢ならずに再び口を挟む。

「あなたが生きてたからよかったですけど、ややこしいことをしてくれたおかげで、私は残業して——」

と、その西条の個人的文句を基山が遮る。

「ちょっと待ってください！　私、悠斗くんに会いました」

まだ混乱したままの基山に、吉良が尋ねる。

「え、それいつの話？」

「先週です！」

「一年前に亡くなった子と……」

「先週……？」

基山の思わぬ答えに、吉良と西条は怪訝な表情になる。基山は悠斗に関する出来事を思い出す。

大道と話していた基山が「ねえ、とりあえず交通安全教室に……」と向き直ると、すでに悠斗の姿がなかったこと――。

悠斗のことを「知ってる？」と尋ねた基山に、翔太もほかの子どもたちも「知らない」と返してきたこと――。

基山の頭の中に、「幽霊は理解してくれる人の前に現れるらしい」という吉良の言葉が流れる。不思議に思っていたこれらの出来事と、悠斗が亡くなっていたという事実がぴたりと重なり、基山は「……え？」とつぶやき、さらに混乱する。

固まってしまった基山を見て、西条と吉良は不思議そうに顔を見合わせている。しかし、川尻だけは基山の話をすんなり信じ涙ぐむ。

「悠斗、俺に会いに来てくれたんですかね……」

と、そこに、芹沢と野村が両サイドから飛び込んでくる。

「確保ー！」

抵抗することなく押さえ込まれる川尻。すかさず芹沢が確認する。

「川尻省吾さんですね」

基山はその様子をボーッと見つめていたが、ハッと我に返ると、自分の信じられない体験に大声で叫んだ。

「えええ〜〜〜〜！」


夜になり、いつもの居酒屋で三人が酒を飲んでいる。西条はメモを見ながら、判明した怪文書の全文を読み上げる。

「たばこのやくそくまもれなくてごめん。てんごくでともだちできたかな？　おれはじごくにいくからもうあえないね。さようなら」

「子どもの治療費のために戸籍売って、それを匿名で寄付するなんて、なかなかだよね。格好いいんだか悪いんだか」

伝え聞いた川尻の証言に、吉良が感想を述べる。西条が頷く。

「家族も捨てられたと思っていたわけですしね」

しかし、基山は吉良や西条と違って手厳しい。

「格好悪いです。てか、格好のつけ方間違ってます」

そんな基山に吉良が言う。

「基山ちゃん、めずらしく熱かったね。吉良さんびっくりしちゃった」

「悠斗くんの気持ちを考えたら……ねえ親って、なんで子どもの気持ちわかってくれないんですか」

自らの苦悩も含めて言う基山に、子を持つ親である吉良が困ったように返す。

「うーん、親だって子どもの気持ちなんかわからないからなぁ」

しばし黙り込んだ後、基山がしんみりと言う。

「……悠斗くん、成仏できるといいですね」

「できるよ。想いは伝わったんじゃない？」

この、幽霊がいる前提の基山と吉良のやり取りに、西条が口を開く。

「……まあそれにしても不思議なことってあるもんで」

基山が嬉しそうに訊く。

「あ、幽霊信じてくれたんですか？」

「幽霊を信じたというわけではないです」

素直に頷かない西条に、基山が不服そうに言う。

「えっひどい。私のこと信じてくれないんですか？」

「基山さんを信じるということと、幽霊を信じるということは別の話です。まあ、ただ……」

「ただ？」

「いないと決めつけてしまうのはやめようと思いましたけどね」

この西条の言葉に、吉良が感心したように言う。

「へー、西条って人に歩み寄ることできるんだ」

「え？　いや、私はそう思ったというだけの話です」

照れ隠しなのか、西条は素っ気なく言い放つ。吉良はそのひねくれた言葉を聞き流し、酒のおかわりを注文する。その横で、基山は少し呆れつつも微笑みながら言った。

「……もっと素直になればいいのに」

解散後、父親のことを考えつつ帰宅した基山は、縁側に腰かけ、スマホを手に思い悩んでいた。

基山はしばしスマホと睨めっこしてから、画面をタッチしようとするが、躊躇して手を止める。

「なんて言おう……」

ひとつ息を吐き、思い切って画面をタッチする。電話の発信音が鳴り、通話に切り替わる。

「……あ、伊織です」

が、何かを話す間もなく、留守番電話のアナウンスに切り替わってしまう。基山は苛立ち、ひとり悪態をついた。

「もう。なんなのよ！」


吉良は夜道を歩きながら、藍に電話をかけている。

「あ、まだ起きてた？」

『めずらしいじゃん、ママから電話なんて。何か用事？』

藍にそう訊かれるが、特に用事はない。藍の声を聞きたかっただけの吉良は、素直に答えた。

「用事っていうかさ……いいじゃん別に電話くらい。母親なんだから」


その頃、帰宅した西条は、パソコンで通販サイトを見ていた。『幽霊学入門』という本を購入しようとするが、到着予定日が二日後になっている。

「明後日か……」

西条はしばし考えてから、時計を見る。

「本屋さん、まだ間に合うかな……。行こう」

本屋に行くことにした西条が、部屋を出て玄関の鍵をかけている。そこに、隣の部屋からちょうど安達が出てくる。

「西条さん、こんばんは」

「……こんばんは」

挨拶を返す西条に、安達が唐突に切り出す。

「あの、渡したい本があるんです」

「はい？」

「これなんですけど」

そう言って安達が差し出したのは——なんと西条が購入しようとしていた『幽霊学入門』だ。

「えっ!?」

驚いている間に、渡されるまま本を受け取ってしまう西条。

「もう読み終わったやつなんで好きにしてください」

安達はそう言うと、部屋へ戻っていく。西条は驚きのあまり、本を落としてしまう。

「……ひ～！」

部屋に戻った西条が、呆然と本の表紙を見つめている。そして、ハッと気づいたように「……盗聴!?」とつぶやくと、慌ててコンセントタップを外して確認する。しかし、何も見つからず、今度は部屋のあちこちを確認し始めた。

数十分後――。さんざん捜索し散らかった部屋で、西条が疲れ果てている。

「何も見つからなかった……あの人、一体何？」

西条はそうつぶやくと、隣の部屋の壁をじっと見つめた。

4

ある夜、立派な邸宅の一室に何者かが忍び込んだ。部屋にはいかにも高価そうな装飾品やオーディオ機器などが置かれ、机の上には法律に関する本が積まれている。何者かは、ライトを手に高級時計のコレクションが並ぶケースに近づき鍵を開けると、時計をひとつ手に取った――。

金曜日――。

いつもの居酒屋で、西条、吉良、基山の三人がテーブルを囲み酒を飲んでいる。西条はスマホで通販サイトを見ており、その目がある商品に釘付けになっている。

「……『ご飯が止まらない！　食べ過ぎちゃうラー油〈極《きわみ》〉』……」

西条が読み上げた商品名に、基山が反応する。

「ん？　なんですかそれ。おいしそう」

「おいしそうなのは間違いないんですよ。ただね、問題は販売が三本セットしかないということなんです」

買うかどうか悩ましげに答える西条に、吉良が言う。

「瓶詰だから日持ちするでしょ。三本くらい問題なくない？」

「しかし、これがもしおいしくなかった場合ですよ。私は大量のラー油を我慢して食べなくてはならない。それはちょっと大きなリスクかなと」

西条が熱く語るその隣で、スマホで同じ商品をチェックした基山が驚きの声を上げる。

「え、三本で三千九百九十九円？　たっか！」

そこで吉良が、ひとつの提案をする。

「じゃあさ、三人で分けない？　そしたらひとり千三百三十三円」

ひとりあたりの金額を聞いて、「割り切れるな。気持ちいい」と嬉しそうな西条。基山は「ちょっと高いなー……でも、よし！　思い切って乗ります！」と賛成する。

「あれ？　なんかいつの間にか話がまとまってしまいましたが、いいでしょう。買います」

西条はそう言うと注文ボタンを押し、「買った……」と満足げに微笑む。「お～」と小さく拍手をする吉良の向かいで、「弟と妹に見つからないようにしないと」と基山もワクワクしている。

ラー油の件が決着したところで、ふいに吉良が西条に訊く。

「ねぇ西条、安達さんとはどうなったのよ？」

「あー聞きたいです」と基山も興味津々で乗っかる。

「それが、ちょっと奇妙なことがあったんですよ」

西条は顔の下で手を組み、先日のことを話す。西条が購入しようとしていた『幽霊学入門』という本を、安達があまりにも絶妙なタイミングで西条に差し出してきた件だ。

「それから、盗聴や盗撮がされてないか自分で家宅捜索したんですけど、盗聴器もカメラも見つからなかったんですよ」

その話を聞いていた吉良が、真面目な顔で断言する。

「シンクロニシティね」

「なんでしたっけ、それ？」と基山。

「心理学者ユングが提唱した概念で、意味のある偶然の一致ってこと」

吉良の言葉に、基山が嬉しそうな顔をする。

「え？　じゃあ運命の人かもしれないってことですか？」

基山のこの意見を、西条は即座に否定する。

「運命なんていう言葉が存在してしまったら、この世のすべての努力は無駄になってしまうんですよ」

「そういうことじゃないですってば」

反論しようとする基山を制し、西条は続ける。

「努力してもしなくても運命は変わらないということになりますよ？」

頑なな西条のことは諦め、基山は気を取り直して吉良に訊く。

「えっ、吉良さんは運命ってあると思いますか？」

吉良は少し考えてから答える。

「まあ、さっきのユングとは別の考え方だけど、アドラーは、『運命とは、自らの手でつくりあげるもの』だと述べている」

「運命をつくる？　え、運命ってやってくるものじゃないんですか？」

疑問を抱く基山に、吉良がさらに詳しく説明する。

「まあ要するに、何事も自分の行動次第ってことじゃない？」

吉良の話に頷きながら、基山がハッとしたような顔で言う。

「じゃあ西条さんは安達さんとの運命をつくればいいってことですね？」

この基山の言葉に、西条は納得いかないといった表情できっぱりと言い切った。

「つくりませんよ」

月曜日——。
小鳥遊署の廊下を大道が「大変だ！」と言いながら、バタバタと慌てた様子で走っている。そして、廊下の向こうからやってくる西条、吉良、基山の三人に気づくと大声で話しかけた。

「あ、基山さん！」

大道の勢いと大声に驚いて、西条と吉良は体をすくめる。

「あ、ごめんなさい。あの報告書、今日至急出して」

「え？　あれなんで急に必要になったんですか？」

不思議そうに訊く基山に、大道が言葉を選ぶ時間も惜しむように答える。

「いや今週、アレがあるのを忘れてたんだよ」

「アレ？」

「そう、アレ……アレ！」

そう雑に言い残すと、大道は忙しそうにまたバタバタと去っていく。なんのことかまったくわからなかった三人は、思わず顔を見合わせ同時につぶやいた。

「アレ？」


その頃、取調室では芹沢がある事件の被疑者から話を聞こうとしていた。

「あの日、どこで何してた？」

「フッ……」

芹沢が質問をするが、被疑者は鼻で笑うばかりで何も答えようとしない。

「聞いてんのか？　おい！」

芹沢は声を荒らげて机をバンと蹴り、被疑者の胸元を摑む。

——と、そこに突然、ひとりの女性が現れる。女性は芹沢をひと睨みすると、強い口調で言い放つ。

「被疑者の体に接触すること、また机を蹴るのは有形力の行使、コンプライアンスに違反します！」

その少し後、今度は野村が取調室で被疑者から話を聞こうとしていた。なかなか口を割らない被疑者に、野村はカツ丼を出す。

「まぁこれでも食え……」

と、そこにまた女性が現れる。女性は同じく野村をひと睨みすると、強い口調で言い放つ。

「被疑者に食べ物を与えることは自白を誘導するため、コンプライアンスに違反します！」

「……すいません」

さらにその後——。取調室では、口を割らない被疑者に手こずり、芹沢と野村が延々と取り調べを続けていた。長時間にわたる取り調べに、被疑者は机に伏せてぐったりしている。

と、またしても女性が現れる。女性は被疑者を一瞥《いちべつ》すると、強い口調で言い放った。

「取り調べは午前五時から午後十時の、一日あたり八時間まで。この基準に従わなければ、懲戒処分の対象になります！」

慌てた芹沢は、被疑者の肩に優しく手をやり、「ごめんね……」と申し訳なさそうに謝る。野村も被疑者を気遣って肩を揉み始めた。


小鳥遊署の大会議室に、署員たちが集められた。西条、吉良、基山の三人のほか、芹沢、野村、杉田、島根、大道なども集まっている。前に立っている御手洗は署員たちを見回すと、声高に宣言する。

「というわけで、今日から一週間、コンプライアンス強化週間を実施する！」

御手洗の言葉にピンとこず、「コンプラ週間？」と繰り返す杉田。ほかの署員たちもざわつき出す。御手洗は続ける。

「近年、警察官の不祥事も少なくない。署員のコンプライアンスの意識を向上させるため、本庁のコンプラ担当・山田加代子《やまだかよこ》警部にご指導いただく！　張り切ってどうぞ！」

御手洗に促されて現れたのは、取り調べ中の芹沢と野村の元に何度も忠告にやってきた、例の女性だ。黒のパンツスーツに身を包み、厳格な雰囲気を漂わせている。年頃からして、もうベテランと思われる。御手洗に紹介された山田は、頭を下げ挨拶をする。

「山田です。よろしくお願いします」

顔を上げた山田に御手洗が訊く。

「山田警部は、十年前に小鳥遊署にいたんだよな?」

「はい」

山田の挨拶にパラパラとまばらな拍手が起こる。隙のない目つきで微笑む山田を見ながら、西条はひとりつぶやいた。

「なんだか面倒なことになりそうな予感です」


休憩スペースの掲示板に「婚活部、メンバー募集中! 署内で照合! 杉田翔」と書かれた張り紙が貼られている。休憩中の西条、吉良、基山の三人が、それを眺めている。

「婚活部。なんでしょうか、これ……」

不思議そうにつぶやく西条に、吉良が適当に答える。

「さぁ」

と、そこに山田がやってきた。掲示板に貼られた張り紙に手をやると、後ろからついてきていた杉田に厳しく訊ねる。

「杉田さん! これは何?」

「婚活したい有志が集まって、結婚しようぜ！　っていう部です」

悪びれず明るく答える杉田。山田はそんな杉田を睨み、きっぱりと言う。

「セクハラです」

「え？」

「署内で結婚を推奨することは、セクハラに該当します」

「そんな……。えっ、なんでですか!?」

訳がわからず理由を問う杉田に、山田が張り紙をはがしながら厳しい口調で答える。

「婚活は、結婚をするのが当たり前という前提に立った偏った概念です。それを部活にするだなんて、言語道断！　また強制的な飲み会もパワハラです」

「強制なんかしません。有志です。そんなこと言ったら、結婚したいのに出会いがありません！」

「ルールはルールです。婚活はセクハラ。みなさんもそう思いますよね？」

山田は杉田の訴えに耳を貸さず、西条、吉良、基山の三人のほうを見て微笑みながら同意を求める。そんな山田に、西条はいつも通り素っ気なく答える。

「まあ、好きにしたらいいのでは？」

同じく山田に同意せず、「署内でのお見合いはもはや伝統行事化している気が」と返す基山。吉良は「どんどん婚活してほしいですけどね」と、むしろ婚活を支持するようなことを言う。

するとと山田は、急にコンプラ指導の対象を三人に変える。三人の顔を順に眺めながら、高圧的な態度で訊く。

「そうですか。みなさんもしっかりコンプライアンスを守っていますか？　まさか業務中に趣味のネット検索をしたり――」

「ハッ！」

山田の言葉に、勤務時間内によくスマホでパズルを購入している西条が、思わずそばにあったソファに倒れ込む。山田は続ける。

「私的な理由で職務を放棄したり――」

「ヒッ！」

今度は基山が、交通の取り締まり中に和文を追いかけてしまったことを思い出し、焦った表情を浮かべる。山田はさらに続ける。

「警察職員として不適切な行動をしたり――」

「フッ！」

すると今度は、医務室で空き時間によく出会い系アプリを見ている吉良が、目線をそらして明後日の方向を見つめる。

そんな三人の心中を見透かしたかのように、山田は語気を強める。

「これらはすべて服務規程違反にあたります！」

「……」

黙り込む三人に、山田がさらに追い打ちをかける。

「コンプラ違反した方は、終業後、十七時から二時間、コンプラ研修をみっちり受けていただきますので、よろしくお願いします」

その言葉に、絶対に定時で帰りたい三人は慌て始める。そして、先ほどとは打って変わった様子で吉良が「婚活部、反対に一票！」と声を上げる。すると、西条と基山も「同じく反対です！」「絶対反対です！」と吉良に続く。

「え……そんなぁ」

あっさりと寝返った三人に、杉田が嘆く。その様子を見て、山田は満足げに微笑んだ。


休憩スペースを後にした西条、吉良、基山の三人が、話しながら歩いている。

「私たちのアフターファイブを脅かす敵が現れました」と憂鬱そうに言う西条に、「終業後に研修受けるなんて地獄よ、地獄」と吉良が深く頷く。

「なんか私たち、山田さんに目つけられてません？」

そう基山が不服そうに言うと、「コンプラ研修を阻止する手段を考えなくてはいけません」と西条が考え込む。

すると、「手段はある。こっちが優位に立てばいい」と断言する吉良。「どうやってですか？」と基山が訊く。

「目には目を、歯には歯を、山田さんには山田さんを。彼女の弱みを握るのよ」

吉良の提案に、「え～、なんか怖いけど仕方ないです。私も乗りましょう」と基山。

そんな二人を見て、西条が言う。

「いつの間にかまた話がまとまってしまいましたが、何をするんですか？」

西条の質問に、吉良が企み顔で答える。

「山田さん、前に小鳥遊署にいたって言ってたわよね？」

「はい」

「つまり？」

西条が続きを促したところで、ちょうど芹沢がやってくる。

「西条、頼みたい鑑定があるんだけど」

西条は、邪魔をするなとばかりに勢いよく返す。

「なんですか⁉」


一同は鑑識係の部屋に場所を移した。芹沢は、鑑定を頼みたい事件について話し出す。

「一昨日の晩、弁護士夫婦の家から、夫・伊賀《いが》剛《つよし》さんがコレクションしていた高級時計がひとつなくなった」

「空き巣でしょうか?」と西条。「今、高級時計を狙った窃盗事件多いですもんね」と基山も言う。しかし、芹沢はそれを否定する。

「いや、外部から侵入した形跡はなく、密室での犯行だ。時計がなくなった夜、この家ではお見合いが行われていた。剛さんが経営する伊賀法律事務所の秘書・加藤《かとう》ゆきさんと、伊賀家の隣に住む中山家の長男・中山健一《なかやまけんいち》さんがお見合いをしていた。事件発生時、伊賀家にいたのは、剛さん、妻の洋子《ようこ》さん、娘のエイミさん、ゆきさん、健一さんの五名だ」

伊賀家は豪華な一軒家で、その一室でゆきと健一のお見合いが行われていた。そこに剛が立ち会い、洋子とエイミは食事や飲み物などを運んでいたという。芹沢は続ける。

「奇妙なのは、五百万、六百万という高級時計が並ぶ中、ただひとつ、二百万のものだけが盗まれていたということだ」

「どうせ盗むなら高いのにしますよね」

基山が腑に落ちない表情でそう言うと、吉良は別の視点から意見を言う。

「心理的に、無意識のうちに遠慮したというのはありえる話だけどね〜」

その吉良の意見に、西条は「遠慮するくらいなら、盗むなよって思いますけど」と毒づく。

それぞれの話を黙って聞いていた芹沢が、あらためて西条に言う。

「この後、関係者全員が指紋の任意採取に署に来る。西条、頼むぞ」

「えっ？　忙しくなりそうですね……」

西条は返事代わりにぽつりとつぶやく。コンプラ研修阻止の計画も進めなければいけないのに面倒なことになってしまったと、三人は困り顔で視線を交わした。


小鳥遊署の会議室に剛、洋子、エイミ、ゆき、健一がやってきた。順番に指紋を採るため、杉田が五人を西条の前に誘導する。

「こちらにご記入ください」

「親指で」

剛を促して指紋を採取していく西条を、芹沢が傍らで見ている。

「はい、完了です。次の方、お願いします」と西条。すると、ちょうど順番が回ってきた洋子が剛に文句をつけ始める。

「なんで私が被疑者みたいなこと……」

「仕方ないじゃないか。時計がなくなったんだから」

剛はそう説き伏せようとするが、洋子は剛にさらに食ってかかる。

「二百万の時計がなくなったくらいで大げさなんですよ！　もうそんなことでこんなと

ころに呼び出されるなんて……」

夫婦ともに弁護士である剛と洋子にとって警察署は慣れた場所であるため、剛は納得いかない表情になる。

「接見でしょっちゅう来てるだろ？」

その言葉に、洋子は声を張り上げて言い返す。

「疑われる立場で来たことは一度もございません！」

いつまでももめている二人にしびれを切らした西条が、洋子を見て言う。

「あの、こちらにお願いします」

洋子は答えず、今度は芹沢のほうを見て不満そうに訊く。

「ねえ刑事さん、もう帰っていいですか？」

「すぐに終わりますので」と芹沢が言うが、洋子はこれ見よがしにため息をつく。

「この機械で指をスキャンします。まずは右手からお願いします」

西条が戸惑いながらそう指示すると、洋子は再びため息をついて立ち上がり、西条の前に座る。やっと指紋を採取できると西条が安心したのもつかの間、どうしても我慢ならないといったように、洋子は剛のほうを向き、またまた文句をつけ始める。

「ねえ、だいたい時計のコレクションなんてくだらないのよ。時計なんて一個あれば十分でしょ？」

「男の夢だよ！　なくなったのは、俺がコレクションの中で一番大切にしていたものなんだ！」

洋子の言葉に、これまで耐えていた剛もムキになって言い返す。

「すいません、指を……」

西条が指示を繰り返すが、洋子は聞いていない。頭を抱えながら、剛に向かってヒステリックに言い放つ。

「ハッ！　ハハ！　それが何!?　ハハハ！　もうほんとくだらない！」

そんな洋子に、西条は再び手で機械を示しながら懇願する。先ほどから、洋子ひとりの指紋採取にずっと手こずっている。その状況に、剛がふと疑問を抱く。

「……もしかして、俺への嫌がらせでお前が盗んだのか!?」

剛の問いを、洋子は嫌悪感を滲ませ否定する。

「なんで私があなたの手垢のついた時計をわざわざ盗らなきゃなんないのよ！　侮辱罪で訴えるわよ」

「もしお前が盗っていたら窃盗罪で逮捕してもらうからな」

「刑法第二百四十四条一項、親族相盗例《しんぞくそうとうれい》、家族間では窃盗罪の刑を免除する。修習生からやり直したら？」

剛と洋子が夫婦とは思えぬ物騒な言い合いをしている隙に、西条はなんとか洋子の指紋を採ろうとする。しかし、二人の言い合いはまだ終わらない。剛が言う。

「その頃には、家族じゃなくなっているかもな！」

「次は脅迫罪ですか？」

そんな二人を、エイミがたまらず止めようとする。

「……ママ、パパ、やめて。こんなところで……」

しかし、娘の言葉はまったく響かない。剛は、悪趣味な冗談を返して笑う。

「エイミが弁護士になったら、初めての仕事がパパの離婚弁護だったりしてな！　ハハハ！」

その言い草にカチンときた洋子は、こっそり指紋を採ろうとしていた西条の手を振り払い、持っていた鞄で剛を殴る。

「うわ！　いて！　いててて……折れた！　刑事さん、今見ました？　暴行ですよ、暴行！　ねえ、折れてますよこれ」

大げさに訴える剛に、芹沢が落ち着くよう声をかける。西条は泣きそうな表情で縮こまっている。そんな中、エイミはひとり困惑しながら剛と洋子を見つめていた。

医務室で、洋子に殴られた剛に吉良が湿布を貼っている。

「痛えな、くそ……」

「安心してください。折れてませんから」

なだめるように言う吉良に、剛が怒りを抑えきれない表情で頼む。

「先生、診断書ください。あいつを傷害罪で訴えてやる！」

「はい、落ち着いてください。過度な夫婦ゲンカは子どもにストレスを与えますよ」

吉良が忠告すると、剛は心配無用といった態度で言う。

「子ども？　エイミは大学生でもう大人だ。うちの子は優秀で、今度、司法試験予備試験を受けるんだ」

「親子で弁護士の予定なんですね」

吉良が答えたそのとき、ノックの音がして、ゆきが入ってくる。

「先生、そろそろ事務所に戻らないと、依頼者の相談時間に間に合いません」

ゆきの言葉に、剛が立ち上がる。

「おぉ、わかった」

剛はゆきの元に行くと、さりげなく背中に手を添え、ともに医務室から出ていく。その様子を、吉良はじっと見つめていた。


指紋の採取を行っていた会議室に、芹沢、西条、杉田が残っている。医務室から戻ってきた吉良もいる。芹沢が、五人の写真を並べながら西条に訊く。

「実際会ってみてどう思った？」

「なかなか指紋を採らせてくれず、とても迷惑な人たちだなと思いました」

「いや、そういうことじゃなくて」

西条の的外れな答えに業を煮やす芹沢。そこで、杉田がふと疑問を口にする。

「でも、金目的だとしたら不思議っすね。六百万より二百万の時計を盗っていくなんて」

「単純に価値の違いがわからなかったのでは？　杉田さんは六百万と二百万の時計の違い、わかりますか？」

西条に訊かれ、杉田は速攻で否定する。

「俺は……わかんないっす！」

「まあでも、一番大切にしていたものが盗まれたわけだから、剛さんへの恨みによる犯行っていう線もあるよな」

西条とはまた別の考えを示す芹沢に、吉良が頷く。

「それはあるかもね。裏でもいろいろありそうだったし」

含みを持たせた吉良のその言葉に、芹沢が訊く。

「どういうことですか？」

「近かったのよね……距離が」

そう答えながら、吉良は先ほど見た、剛がゆきにボディタッチする姿を思い出していた。

西条たちは会議室を後にし、おのおの持ち場に戻った。鑑識係の部屋では、西条と杉田がそれぞれデスクで作業をしている。そこへ、宅配便の配達員がやってくる。

「ホライゾンです！　こちら西条さんにお届け物です」

「はい、どうも～」

同じく部屋にいた島根が段ボール箱を受け取ると、西条に声をかける。

「西条さん。食べ過ぎちゃうラー油三本セット」

「ありがとうございます」

西条も立ち上がり、荷物を取りに行く。と、ちょうどそのタイミングで、ドアの向こうからこちらを覗き込んでいる山田と目が合ってしまう。違反がないか見回りにやってきていたのだ。

焦っているように見える西条を見据え、山田が訊く。

「……なんですか？」

「いえ……」

気まずい表情を浮かべ答える西条。山田から目をそらし、荷物が島根宛のものだとごまかそうとする。

「島根さん、荷物届きました」

「あ、うん。ありがとう」

山田はそれ以上何も言わず、かすかな笑みを浮かべて去っていく。

「なんでラー油って言ったんですか……！」

「聞こえた……？」

「聞こえましたよ」

問い詰められる覚悟をしていた西条は、何もなかったことに驚きつつも、島根に文句をつけた。


休憩スペースに西条、吉良、基山の三人が集まっている。

「……」

テーブルの上に置かれた三本の食べるラー油を眺めながら深刻な表情で黙り込んでいる西条に、基山が訊く。

「なんでそんな顔してるんですか？」

「見つかっちゃった」

西条の答えに、「え？　指紋が？」と吉良。西条は首を振り、経緯を話す。

「ラー油が山田さんに。何も言われませんでしたが、あれは確実にバレていました」

「つまり……職場で私物を受け取った瞬間を……」

おそるおそる状況を確認する基山に、西条が頷く。

「はい。間違いなくコンプラ違反に判定されることでしょう」

「えっ、そんな……」

ショックのあまり崩れ落ちる基山。「え、コンプラ研修とか絶対に嫌なんだけど」と、吉良も顔をしかめる。

そんな二人に、西条は真剣な眼差しで力強く言った。

「ですから早急に対策が必要かと」


西条、吉良、基山の三人は、終業後に居酒屋に集まると、さっそく対策に乗り出した。

三人は必死で何かをめくり続けている。それは、探し集めてきた過去の署内報だ。

「はあ、これもダメだ！　やっぱり私たちはコンプラ研修からは逃げられないんだ……」

確認し終わった署内報を放り出し、基山が絶望的な表情で嘆く。そんな基山に吉良が声をかける。

「ねえ基山ちゃん、いったん落ち着こうか」

すると突然、西条が大きな声を出す。

「見つけた……！」

「え!?」

驚いて顔を上げる基山。西条は手にしていた署内報を二人に見せる。そこには、二十代後半頃の山田の写真と紹介文が載っている。西条が言う。

「これ、小鳥遊署時代の山田さんですね」

「丸の内のOLみたいな格好ですね?」と基山。写真の中の山田は、今とはまったく違ったやわらかい雰囲気で微笑んでいる。西条が紹介文を読む。

「『張り込みや尾行では、地域に合わせて服装を変える』」

吉良と基山も横から紹介文を見る。

「見て、バリバリの刑事じゃない」

吉良が指差した箇所を、西条が読み上げる。

「『刑事は事件が起これば昼夜問わず呼び出しを受けます』……私は無理だな」

「そうね」とすかさず吉良が同意する。西条はさらに読む。

「『決して楽な仕事ではありませんが、苦労して事件を解決したときの達成感と喜びは絶大です。一生現役刑事でいたいです』……」

その最後のフレーズを聞き、基山が不思議そうに言う。

「山田さん、なんで今は刑事じゃないんですかね?」

「さぁね」と吉良。

西条は紹介文を見つめたまま、ひとり考え込んだ。


翌日——。

鑑識係の部屋では、西条と杉田、島根が時計ケースと事件関係者たちの指紋鑑定を進めている。作業をしながら、杉田がふいに西条に訊く。

「先輩って、なんで鑑識になったんですか？」

「今それ聞く？」

「俺、今訊けることは、全部訊いておきたい人なんで」

空気を読めない杉田の言葉にうんざりする西条に代わり、島根が答える。

「公務員だからでしょ？　公務員って定時に帰れるイメージあるし」

それが正解かと思いきや、西条は即座に否定する。

「私は鑑識の仕事が定時に上がれるとは思っていません」

「え、でもわりと帰ってるよね？」

島根が突っ込むと、西条は島根のほうを振り返ってまた即座に否定する。

「定時に帰れるように頑張っているだけですが」

すると、杉田がふてくされたように口を挟む。

「いやちょっと、俺の質問横取りしないでくださいよ！」

「そんな怒るなよ」と島根。

そんな杉田に、西条がいきなり問題を出す。

「では、杉田くん。万人不同《ばんにんふどう》とは？」

「え？　えっと……同じ指紋を持つ人はいません」

「終生不変《しゅうせいふへん》は？」

「一生、指紋の形は変わりません！」

杉田の解答を受け、西条は自分が鑑識になった理由を簡潔にまとめる。

「そうです。指紋はひとりひとりに与えられた、唯一無二のものです。指紋はシンプルで嘘がない。人間のようにごちゃごちゃと面倒くさくないからでしょうか」

その西条の言葉に、しみじみと感心する杉田と島根。

「うわ～、先輩ふけ～」

「指紋は嘘をつかない……染みるね、西条さ～ん」

そんな二人に、西条はクールな表情を保ちつつも少し嬉しそうにつぶやく。

「……悪い気はしませんね」

そこに、芹沢がやってくる。「お疲れ、男前」と島根が声をかける。

「どうだ？　終わったか？」

芹沢の問いに西条が答える。

「時計ケースについていた指紋は、伊賀家の三人、秘書の加藤ゆきさん、隣人の中山健一さん、全員と一致しました」

望ましくない展開に、芹沢は思わず訊き返した。

「全員？　マジ？」


小鳥遊署の会議室に、剛、洋子、エイミ、ゆき、健一の五名が野村に連れられやってくる。任意の事情聴取で呼び出されたのだ。西条、吉良も同席する中、芹沢が口を開く。

「みなさま、お忙しい中、またご足労いただきありがとうございます」

「もう犯人わかってんじゃないですか？」

いきなり挑発的な態度で口火を切る洋子を、剛が制す。

「何言ってるんだ、お前」

そんな剛を無視して、洋子はゆきを指差して言う。

「この子とあなたの自作自演でしょ？」

「そんな！」

ゆきはショックを隠せない表情でうろたえる。剛がすぐさま洋子に言い返す。

「俺を疑ってるのか？」

「普段から疑われるようなことしてるじゃないですか。休日に秘書と何してました？

映画見て食事して、買い物して楽しんでましたよね？　ね？　ゆきさん」

強気な態度の剛に、洋子は不遜な笑みを浮かべて訊く。

「……」

再び自分にお鉢が回り、ゆきは黙り込む。

「はぁ……くだらない。秘書の悩みを聞くのも仕事の一環だろ？」

取り合わない姿勢を見せる剛に、洋子は嫌みたらしく詰め寄る。

「奥さんと早く別れてほしいっていう悩みですか？」

すると、健一が驚いたように剛とゆきを交互に指差して訊く。

「え？　もしかして、そういう関係なんですか？」

「いや違う！」

慌てて否定する剛に、洋子が声を張り上げる。

「嘘つかないでよ！」

健一は剛に顔を向けると、憤りを隠せない様子で机を叩いて立ち上がり言う。

「そんなの聞いてませんよ！　僕のことバカにしてたんですね？」

「いや、してないだろ？」

剛は健一をなだめようとするが、健一はここぞとばかりに続ける。

「僕、お見合いなんてしたくなかったんですよ！」

「なんだと？」

「それに、あなたが趣味の悪い時計を見せびらかして、僕に『触ってもいいぞ』なんて言わなかったら、僕はここに来ていません！　わざと触らせて指紋つけさせました？」

「んなわけないだろ！　ていうか、警察も早く犯人を逮捕しろよ！　無能だな！」

健一の言い草に腹を立てた剛は、怒りの矛先を警察に向ける。すると、健一に便乗するようにゆきも話し出す。

「……私も時計の説明を受けたときに触ってしまっただけです。それに……」

ゆきは怯えつつもきっぱりと言う。

「……私だってお見合いなんてしたくありませんでした」

「え？」

「先生にそろそろ結婚する年だろ？　彼氏いないのか？　俺が紹介してやるって言われて……」

ゆきの話に、西条が呆れ顔でつぶやく。

「……完全にセクハラだ」

「セクハラ？　私は親切心で言っただけだ」

相変わらず強気な態度の剛に、ゆきはさらに続ける。

「休みの日に先生と映画も食事も苦痛でした」

ゆきのこの主張に、洋子が「え？」と反応する。一方、思いがけないゆきの言葉に、剛は怒りを露わにする。

「君、喜んでいたじゃないか！」

「上司からの誘いは無下に断れません！　嬉しいふりをしていただけです」

そう答えるゆきに、洋子が疑いの目を向ける。

「本当かしら？」

「私、不倫なんかしてません。時計も盗んでいません！」

疑いを振り払うように、ゆきは断言する。と、そのとき、傍らに座って荒い呼吸をしていたエイミがバタッと倒れる。

「エイミちゃん、大丈夫かな？」と吉良が駆け寄る。

先ほどまで言い争いをしていた洋子も慌てて、「エイミ？」と目を向ける。

「エイミちゃん、ゆっくり呼吸してみよう。はい、吐いて」

吉良は脈を測りながら、エイミに声をかける。エイミは苦しそうに肩で息をしている。

「医務室で休ませます。西条」

ほかの人たちを制するようにそう言うと、西条と二人でエイミを連れて出ていった。

医務室のベッドに横になるエイミを、西条と吉良が見守っている。

「落ち着いた？」

ゆっくりと声をかける吉良に、エイミが答える。

「すいません」

「謝ることなんてひとつもないけど」

そう言われ、エイミはさらに謝ってしまう。

「……すいません」

申し訳なさそうな表情のエイミに、吉良が優しく問いかける。

「親御さんのケンカでびっくりしちゃった？」

「いえ……いつものことなんで」

「あんなのいつもしてんの？　疲れちゃうわね」

「もう慣れたはずなんですけど……」

「司法試験予備試験、受けるんでしょ？」

「親に大学在学中に合格しろって言われてて。期待に応えなきゃって頑張ってるんですけど……なかなか結果出なくて」

吉良はエイミが抱えるプレッシャーを察し、笑顔で言う。

「あのね、プレッシャーはね、深呼吸で吐き出すの」

「え？」

「はい。深呼吸してみて。吸って～吐く～」

言われるがまま深呼吸をするエイミ。そんなエイミに、吉良があらためて確認する。

「でもさ、これって親の人生じゃなくて、エイミちゃんの人生……でしょ？」

「……はい」

エイミはためらいながらも頷く。後ろにいた西条が吉良にペットボトルを渡すと、吉良がエイミに飲むよう促す。

「はい。お水飲んで」

「ありがとうございます」

その姿を、傍らで西条はじっと見つめていた。


医務室を後にした西条は、休憩スペースに向かった。椅子に座りひと息つくと、スマホのフリマアプリでパズルを探し始める。と、ふいにその手が止まる。

「ん!?」

フリマアプリに出品されているものの中に、剛の盗難された時計があるのを見つけたのだ。

西条はすぐに芹沢を呼び出した。何事かと休憩スペースに駆けつけた芹沢に、西条はスマホアプリの画像を見せながら言う。価格の欄には「二百万円」と書かれている。

「これ。盗まれた伊賀剛さんの時計ですよね?」

画像を見た芹沢の表情が変わる。西条がさらに言う。

「シリアルナンバー下三桁は隠されてるんです」

「番号、全部見せてってコメントして」

「は? なんで私が。芹沢さんやってくださいよ」

面倒ごとを避けたくて指示を拒否する西条に、芹沢が頼み込む。

「俺、こういうアプリやってないの。頼む」

「なんで私が……」

「俺、伊賀さんに連絡するから」

「はあ? めんどくさ……」

渋々ながら出品者に質問コメントをする西条。芹沢は出品されている時計の画像を剛にメールで送る。

と、すぐに芹沢のスマホが鳴る。剛からの返信メールだ。

「伊賀さん、自分ので間違いないって」

メールを見てそう伝える芹沢に、西条が訊く。

「じゃ、どうしますか? 芹沢さんこれ二百万で落としますか?」

「そんな金あるわけねぇだろ」

「じゃ、どうしますか？」

詰め寄る西条に、芹沢は苦し紛れの提案をする。

「う〜……伊賀さん本人に購入してもらうとか」

「自分が盗まれた時計を自分で購入するの、訳わかんなくないですか？」

「じゃあ、どうすればいいっていうんだよ？」

と、西条のスマホから音が鳴った。画面にふと目をやった西条が小さく声を上げる。

「あ……」

「えっ？」

「消された」

二人が言い合っている間に、フリマアプリの投稿が削除されてしまったのだ。

「気づかれましたね」

投稿が削除された画面を見せる西条。芹沢はそれを見て悔しげに顔を歪めた。

「……くそ！」

芹沢のいる会議室に、フリマアプリの出品者のことを調べていた野村が駆け込んでくる。

「フリマアプリ会社に出品者について問い合わせましたが、アカウント登録時の身分証は偽造されたものでした」

見つけたと思った手がかりが断たれ、芹沢は苛立ったようにつぶやいた。

「また行き止まりか！　……くそ」


仕事を終えた西条、吉良、基山の三人が、小鳥遊署の玄関から出てくる。

「結局、犯人わからずじまいみたいですね」と、基山が盗難事件の話をふる。

「でも容疑者はあの五人しかいないんでしょ？」

吉良が西条に訊くと、西条は呆れ顔で答える。

「あの容疑者夫婦、一生ケンカしていましたね」

「私は娘の前では元旦那とケンカしないようにしてたけどな。ほら、面前ＤＶになっちゃうから」

吉良のその言葉に、西条が少し感心したように基山と顔を見合わせて言う。

「そういうところ、専門家ですよね」

「はあ。エイミちゃん、なんか辛そうだったな」

倒れたときのエイミの様子を思い出し心配そうに言う吉良に、西条も頷く。

「あの両親、無関心だったから」

そんな吉良と西条に、基山は現実を突きつけるように言い切った。

「でも、子どもの気持ちがわかる親のほうが少ないんじゃないですか？」

帰宅した基山が、居間で沙織や文太と食事をしている。文太が、基山の節約料理に文句をつける。

「豚カツ、肉じゃないじゃん！」

「仕方ないでしょ、お肉高かったんだから。でもさ、厚揚げ豚カツ結構いけるよね？ねっ？」

基山が訊くと、沙織も「いけた、いけた」と頷く。そんな沙織に文太が言う。

「お姉ちゃんの半分ちょうだい」

「絶対やだ、絶対」

と、突然、台所のほうからガタンと物音が聞こえてきた。

「ねえ、今、音しなかった？」

基山は食事の手を止め、怪訝な顔で耳をそばだてる。

「え？」

「別に何も」

沙織と文太が口々に答えるが、基山の耳には確かに物音が聞こえる。不思議そうな表情を浮かべる基山の横で、沙織と文太はまた言い合いを始める。

「だってどうせ最後残すじゃん」

「残しません」

「シッ！　泥棒かも……」

基山は二人に小声でそう言うと、ほうきを手に取り、そろりそろりと台所に近づいていく。その後ろに、それぞれおもちゃの武器を持った沙織と文太が続く。

「住居侵入、窃盗未遂罪で現行犯逮捕します！」

力強く宣言しながら勢いよく台所の扉を開ける基山。——と、そこにいたのは父親の和文だった。

「びっくりするじゃねえかよ！　急に開けんなよ！」

こそこそと米びつを開けていた和文が、基山の登場に驚いて跳び上がる。

「お父さん！」と基山も驚く。沙織と文太は「なんだよ～」と呆れている。

しゃもじを手に米びつの前に立っている和文に、基山が訊く。

「それ……何してんの？」

「あっ、いやいやいや……」

言葉を濁す和文に、基山が冷たく言い放つ。

「もうそこにお金置いてないから」

「勘違いするなよ。これは違うんだって」

和文は言い訳をしようとするが、それを待たずに基山は和文を咎《とが》める。

「は？　何が違うのよ！　お父さんがそんなんだからね、沙織もあんなふうになっちゃうのよ！　今無職だよ、無職！」

いきなり自分を引き合いに出され、沙織が迷惑そうにつぶやく。

「流れ弾すごいんだけど」

当の和文は、開き直ったように言い返す。

「無職、立派じゃねえかよ！」

「は？」

「みんなが働いている中で、働かない選択をするのは、自分ならではのポリシーがあるってことだ。素晴らしい」

愚にもつかないことをもっともらしく言う和文を、沙織が褒め称える。

「さっすがお父さん。ガチ自由人！」

基山は小さくため息をついてから、和文を責め立てる。

「ねえ！　そんなこと言うから、また図に乗っちゃうんでしょ。たまには父親らしいことしてよ、父親らしいこと！」

「父親らしいことってなんだ？　働いて金を稼いで家族を養うってことか？」

和文の問いに基山が頷く。

「うん、そうだよ」

すると和文は、想像の斜め上のことを言ってくる。

「俺がこんなんじゃなかったら、お前もそんなにしっかりしていなかった。まさにウィンウィンじゃないのか？」

「はあ？」

信じられないといった表情で訊き返す基山に、和文はさらに言う。

「お前も長女だからって我慢することねえんだぞ、うん」

「……」

和文のせいでこれまで自分がどれだけ我慢をしてきたというのか……あまりにも勝手な言い分に基山は言葉を失い、その場に立ち尽くした。そんな基山に構わず、和文は出ていこうとする。

「じゃ、俺はこれで。シーユー」

「はあ？」

「たまにはいい肉食えよ！　サンキューマイファミリー！」

基山は、最後まで適当な和文に苛立ちを露わにして叫んだ。

「ちょっと待ちなさいよ！　もう、このバカ親父！」

この日は西条も真っすぐマンションに帰宅していた。部屋の前に着くと、そこに待ち構えていたかのように安達がいる。

「おかえりなさい」

笑顔で挨拶してくる安達に、西条が怪訝な表情で訊く。

「なんでそこにいるんですか？」

「あの本読んだかなって気になって」

「『幽霊学入門』ですか」

「面白かったですか？」

西条は安達の質問には答えず、ずっと気になっていたことを切り出す。

「そんなことより、私と安達さんには偶然の一致が多すぎると思うんです」

「もしかして運命……」

「それは絶対に違うんですけど、私には二つの仮説が存在します」

安達の的外れな回答を即座に否定してから、西条は本題に入る。

「仮説？」

「ひとつは、安達さんがストーカーである説」

「そんなわけないじゃないですか。俺のことそんなふうに思ってたんですか？」

慌てて否定する安達を制し、西条は続ける。

「あくまで仮説です。そしてもうひとつは、安達さんがスパイである説」

物々しい仮説に、安達は驚きを隠せない様子で口元を手で押さえると、ふと思いついたように訊く。

「もしかして……俺のこと格好よく見えてます？」

「はい？」

「だって、スパイって格好いいじゃないですか。西条さんにそういうふうに思われてるなんて光栄だなあ」

安達の都合のいい誤解を、西条は全力で否定する。

「違います！　スパイ説は撤回！　よく考えたら、テレビの配線もまともにできない人がスパイできる訳ありませんでした」

「確かに。俺、スパイにはなれないいんですね……」

痛いところを突かれ、安達がトーンダウンする。

「私は少し考えすぎていたのかもしれないですね。……おやすみなさい」

この隙にとばかりに、西条はさっさと話を終わらせ部屋の中へ入っていく。

「おやすみなさい」

安達もそう返すと、西条と同じタイミングで自分の部屋に入っていった。

翌日――。
医務室で仕事中の吉良の元に、元夫の富田聡《とみたさとし》からラインが入る。
『ちょっと相談なんだけど？』
『何？』
吉良が少し面倒くさそうに打ち返すと、すぐにまたメッセージが届く。
『20代の頃もらったプレゼントで嬉しかった物なに？』
『は？』
『藍にも聞いてみたんだけど、まだ11歳だからね（笑）』
要領を得ない内容に少し苛立ちながら、吉良が返信を打つ。
『もう少し目的をはっきりさせてくれないと答えようがないから』
送信した後、吉良は少し考え、すかさず連投する。
『どんな場面でもらったかでも話が変わってくるし』
しばし間が空き、また聡からメッセージが届く。
『いや、彼女に何あげたら喜ぶかなって思ってさ。誕生日が近くて』
若い彼女へのプレゼントを元妻に相談するという無神経さに、ついカチンとくる吉良。
スマホを机に置き、返信する気力もなくし毒づいた。

「ほんと、こういうとこなんだよなー。悪意のない悪意。はあ～胸くそ悪っ」

小鳥遊署の廊下を、野村がハンカチを手にお腹をさすりながら歩いている。

「痛ってえ。最悪……」

そこに芹沢が慌てた様子で走ってくる。

「何かあったんですか？」と野村。

「質屋から通報だ。犯人らしき人物が時計の換金に現れた！」

そう言うと、芹沢は勢いよく小鳥遊署を飛び出した。腹痛に悩まされていた野村は、

「あ～！」とうんざりしたように叫ぶと、走って芹沢の後に続いた。


質屋に到着した芹沢と野村に、店先で出迎えた店主が言う。

「あー、刑事さん。たった今、逃げちゃいましたよ」

「どんな人でした？」と芹沢。芹沢の問いに、店主が記憶を手繰りながら答える。

「全身黒ずくめで、声がちょっと変わった女性でした」

「女性？」

「どっちに行きました？」と野村が訊く。

「あっちに曲がっていったよ」

店主が答えると、野村は店主が指差したほうへ走り出す。残った芹沢に店主が言う。

「悪いね」

「あの、声が変わっていたというのは？」

「アニメ声っていうんですかね。可愛らしい声で」

芹沢は少し考え込んでから、店主に頼んだ。

「あの、防犯カメラの映像を見せていただけますか？」


定時になり、帰り支度を済ませた西条、吉良、基山の三人が小鳥遊署を出る。

「あ〜働いた〜」と吉良。

そこに山田がやってきて、まるで挨拶するかのように三人に訊く。

「みなさん、コンプラ違反していませんか？」

「していません」

西条が即答すると、山田がさらに訊く。

「就業時間中に業務と関係のない行為をすることは、職務専念義務違反ですからね？」

「そんなことはありえません」

吉良が真っすぐな目で断言する。山田は笑みを浮かべて三人を眺めてから、再び口を開く。

「ひとつ質問です」

「はい」と西条。山田が続ける。

「あなたたち、必ず定時に帰るわね。仕事にやる気はあるんですか？　仕事をサボるのもコンプラ違反ですよ」

西条は山田のこの発言に憤りを覚え、前に進み出て反論する。

「定時に帰るイコール仕事をサボっているという考え方を押しつけるのは、何かしらのハラスメントではないんでしょうか？」

「何が言いたいんですか？」

訊き返す山田に、西条は引き下がりそうになるのを堪えて訴える。

「私たちは、定時に帰るために懸命に働いています」

基山と吉良も、すかさず援護射撃する。

「時代はタイパです。時間対効果を見てください」

「そもそも仕事にやる気のあるないは関係ありません。感情に振り回されず、一定の結果を出すのが仕事ですから」

たたみかける三人を、山田はじっと見つめる。そして、ますます好戦的な態度になって言い返す。

「そう。本当にそれができているのか、引き続き、チェックしますね」

山田はニヤリと笑うと、三人の返事を待たずに去っていく。残された三人は、唖然として立ち尽くす。

「ねえ、今、宣戦布告されましたよね?」

確認する西条に、「された」と吉良が頷く。

ふつふつと湧いてきた怒りを抑えきれないように、基山が言う。

「私たち、絶対仕事してないと思われていますよね」

同じく怒りを抑えきれない西条が、決意に満ちた目で言う。

「ならば、この勝負、受けて立ちましょう」

その西条の言葉に、二人は強く頷いた。


翌日――。

会議室にやってきた芹沢が、目を見開いて驚く。

「どうした?」

そこには西条、吉良、基山の三人が、やる気満々の様子で待ち構えていたのだ。

「お手伝いします」と駆け寄る基山に、「なんでも言って」と微笑む吉良。西条は「早急に事件を解決したいです」と闘志を燃やしている。

「……え?」

普段とまったく違う三人に、芹沢は呆気に取られ言葉を失ってしまった。

西条、吉良、基山の三人は、さっそく盗難事件の調査に協力することになった。盗難時計を売りにきた女性が写った防犯カメラ映像をパソコンで見せながら、野村が言う。

「質屋に提出された身分証は、フリマアプリの身分証と同一人物。偽造でした」

映像の中の女性は帽子とサングラス姿で、顔ははっきりとわからない。

「女性の身長は百六十センチ前後、体型は細身」

情報を付け加える芹沢に、吉良が訊く。

「伊賀さんの家にいた女性全員の、この時間のアリバイは確認した？」

「全員アリバイがなかったんです」

芹沢の答えに吉良が驚く。

「え？　全員？　三人ともなかったってこと!?」

「そんなことってあります？」と、基山も信じられないといった表情で言う。

そんな中、黙ったまま女性の映像をじっと見つめていた西条が早口でまくしたてる。

「何か盲点があるはずです。人の無意識による思い込みや偏見、先入観は、捜査の妨げになります」

「先入観……」と西条の言葉を繰り返し、考え込む吉良。基山も「無意識の思い込み

「……」と繰り返すと、再び防犯カメラの映像を見る。

「もっといいアングルが欲しいですね……ここどこですか？」

基山の問いに芹沢が答える。

「エナガ町の質屋大福だ」

場所を聞くなり、基山は真剣な眼差しで地図を広げた。


野村と、その後を追ってきた基山が、質屋の近くの道を走っていく。

「そこ左です！」と基山が野村に指示を出すも、野村は曲がる場所を通り過ぎてしまう。

基山はそんな野村に苛立ったように叫ぶ。

「左！」

「そっちか」

角を曲がったところで、基山は周辺の道をくまなくチェックし出す。と、基山が突然声を上げる。

「ビンゴ！」

質屋からの帰りに女性が通ったはずの道で、ちょうどいいアングルの防犯カメラを見つけたのだ。

基山が会議室に持ち帰った防犯カメラ映像を、西条、吉良、基山の三人と芹沢、野村が、先ほどと同じようにパソコンで見ている。基山が言う。

「新たに入手した防犯カメラ映像です」

カメラには新たなアングルで女性がばっちり写っていた。一同はじっと見入る。

「あ、サングラス取った」と吉良。だが、顔ははっきりとは見えない。

「……ん？　この映像少し戻せますか？」

と、あることに気づいた西条が野村に頼む。

「……この人、女性ではなく男性かもしれませんね」

画像の中の人物は、向かいから来た通行人にぶつかって何かを落としている。それを拾うしぐさを見て、西条は違和感を抱いたのだ。確かにその人物は、スカートを履いているというのに足を大きく広げてかがんでいる。

「え？　男性？」と思わず訊き返す芹沢。確認すべく、「ちょちょちょ……」と西条と吉良を押しのけて画像を覗き込む。押しのけられた二人は、不満げに咳払いをする。芹沢は気にする様子もなく、食い入るように画面を見つめる。

そのとき――。そんな一同の様子を、会議室の入り口から山田がこっそりと見ていた。

会議室を後にした芹沢と野村は、とあるカフェに向かった。入り口には、「執事カフ

エ　リンク」とある。男性キャストが女性客を接客する、いわゆるコンセプトカフェだ。
「防犯カメラの人物は、こちらのメンズコンセプトカフェで働く花山院《かざんいん》ヨシキ、本名は村田泰典《むらたやすのり》という男でした」

入り口であらためて確認する野村に芹沢が頷き、二人は店に入っていく。玄関から中へ続く壁にはキャストたちの写真が飾られていて、その中に花山院ヨシキの写真もある。フロアでは、男性キャストと女性が席に座ってにぎやかに会話をしている。

二人を迎え入れるスタッフに、芹沢が訊く。

「小鳥遊署の芹沢です。花山院ヨシキさんはいらっしゃいますか？」

「あぁ、ヨシキなら三日前から出勤していないですよ。全然連絡も取れなくて」

「三日前から……」

スタッフの答えに芹沢と野村の表情が変わる。


西条はその頃、鑑識係の部屋のソファに座り、吉良とともに花山院ヨシキのＳＮＳを見ていた。横にいる杉田が訊く。

「何見てるんですか？」

「ヨシキのＳＮＳ」

西条の答えに、杉田が少し慌てたように言う。

「ヨシキのＳＮＳって……。また、山田さんに業務と関係のない行為をしているって怒られますよ？」

「あ、花山院ヨシキのＳＮＳです」

「あぁ花山院ヨシキ……って誰ですか、それ!?」

西条の補足に思わず安心しかけるも、そんな人物は知らない杉田が全力で突っ込む。

騒がしい杉田を無視して、吉良が言う。

「交友関係を探るならＳＮＳよね～」

西条は、ヨシキのＳＮＳに頻繁に出てくるある女の子に目をつける。

「これ、同じ女性じゃないですか？」

顔にスタンプが押されていて誰かはわからないが、ピースサインをしたり指をハートにしたりして、楽しげに写っている。

「いやでも、これだと顔が隠れてるから、誰だかわかんないわね」

一緒に女の子の画像を見ている吉良が、残念そうにつぶやく。そんな吉良に西条が言う。

「わかります。画像からでも指紋は検出できるんです」

得意げな西条の言葉に、吉良はドン引きした表情で返した。

「え？　そんなことできんの？　怖っ」

西条は指が写っている写真を選ぶと指紋を拡大し、画像処理をする。それを後ろから吉良が覗き込む。

「どれどれ、どれどれ。え～？」

「はい」と西条がエンターキーを押すと、あっという間に指紋が検出される。その様子に声を出して驚く吉良。

「うわ！　うわ…。うわ～」

隣で杉田も一緒に得意げな顔をしている。

――と、西条が何かに気づく。

「あれ？　この指紋……」

西条は画像処理した指紋を見てから、手元にある資料の指紋をじっと見つめる。その瞬間、西条の頭の中に今回の事件に関わる情報が次々と流れてくる。そして、カチッとパズルのピースがはまる音がした。西条は、ふいにつぶやく。

「……はまった」

西条はスマホを手に取り、すぐさま芹沢に電話をかけた。

「芹沢さん？　……見つけましたよ」

その夜――。

薄暗い夜道を、芹沢が黒いパーカーでフードを被った人物を尾行し足音を立てずに歩いている。芹沢の前を歩いているのは――エイミだ。ＳＮＳに写っている女の子の指紋と一致したのは、エイミの指紋だったのだ。

エイミは待ち合わせしていたらしき男性と落ち合った。その顔を見ると、花山院ヨシキこと村田泰典であることがわかる。エイミはヨシキに封筒を差し出す。

ヨシキは封筒を受け取ると、中からお札を取り出して数える。

「ありがとう」

ヨシキからお礼を言われたエイミがフードを取った瞬間、芹沢が後ろから肩を叩いた。

「こんばんは、伊賀エイミさん」

エイミは驚いた表情で固まっている。その様子を見たヨシキは慌てて逃げようとするが、待ち構えていた野村にがっちりと捕まえられた。


芹沢はエイミを小鳥遊署に連れていき、会議室で取り調べを始めた。そこには西条、吉良、基山の三人に加え、なぜか山田もいる。

「なんで山田さんが？」

不可解そうに訊く基山に、山田がいつもの強気な態度で答える。

「コンプライアンス的視点から立ち会わせていただきます」

芹沢はエイミに尋ねる。

「花山院ヨシキさんとはどのような関係ですか？」

「……」

黙り込むエイミに、芹沢は重ねて尋ねる。

「さっき、お金渡してましたよね」

「……」

芹沢は別室で取り調べを受けているヨシキの話を持ち出す。

「ヨシキさんも今、完全黙秘しています。このままいくと、ヨシキさんの自宅に家宅捜索が入ります。もし時計が出てきたら、即逮捕という流れになります。いいですね？」

「……」

下を向いたままのエイミの背中を、隣に座っている吉良が優しくさする。エイミは考え込んだ後、弱々しい声で話し出す。

「……彼は悪くありません」

そこで芹沢が本題に入る。

「では、どういう関係なのか教えてくれますか？」

問い詰められ、エイミは泣き出してしまう。泣きながら、震える声で芹沢に懇願した。

「絶対、父と母に言わないでくれますか？」

そして、エイミはことの経緯を語り始めた。

「ヨシキくんとは、声優を目指す人が集まるサロンで知り合いました。一緒に声優学校に入ることを決め、私は大学とのダブルスクールをしようと思いました。でも、声優学校に入るには……入学金や授業料など、二百万が必要で。それで私がパパの時計を……」

エイミの言葉に、二百万円の時計を選んだ理由を理解する一同。しかし、わざわざ親の時計を盗んだことに納得のいかない芹沢は、素朴な疑問をぶつける。

「二百万くらい、あなたの親御さんならすぐ用意できたでしょう？」

エイミは泣きながら答える。

「私が司法試験に受かることだけを望んでます。声優になりたいなんて言ったら……殺されます」

「殺されるっていうのは大げさだろ」

エイミの大げさな物言いに芹沢は呆れるが、吉良はエイミの気持ちを酌んで言う。

「夢を否定されて、心が殺されるのよね？」

「……はい」

頷くエイミの気持ちを、吉良がさらに代弁する。

「人を殺せるのはナイフだけじゃない。会話や文字や考え方なんかで簡単に心が殺されてしまうから」

エイミは黙ったまま俯く。だからエイミは、お見合いの騒がしさに便乗し、料理を運ぶ合間にこっそりと時計を盗むという大胆な行動に出たのだ。

黙って話を聞いていた西条が、あらためてエイミに確認する。

「ようやく謎が解けましたね。……だから、数ある時計の中でも、声優学校の準備金と同じ二百万の時計をわざわざ選んだ」

「はい。でも時計は売れなかったので、時計を担保にヨシキくんにお金を借りて、今、返済中なんです」

エイミの説明に、芹沢はすべて合点がいった表情になる。

「それで彼にお金を渡していたのか」

「はい」

そのとき、剛と洋子が会議室に勢いよく入ってきた。二人はエイミを見るなり厳しく詰め寄る。

「お前、どういうつもりだ！」

「ちゃんと説明しなさい！」

口々に言う剛と洋子を前に、エイミは俯いて黙り込む。

「……」

そんなエイミを、剛と洋子はさらに追い込む。

「お前が盗んだっていうのは本当なのか?」と剛が訊くそばから、「なんでこんなことしたの?　たかが二百万で人生棒に振るようなことしないでよ!」と洋子が喚《わめ》く。その喚き声に被せるように、「こんなに迷惑かけて、パパに恥をかかせるのか!」と剛が怒鳴る。

「ちょっと」と吉良が止めようとする。

「………もうやだ。もうやだ!!」

我慢の限界とばかりに、エイミは叫びながら会議室を飛び出していく。

「エイミちゃん!」と吉良がエイミを追いかける。「エイミ!　待ちなさい!」と剛が叫ぶ。吉良に続き、全員がエイミの後を追いかけた。


剛と洋子から逃げたエイミは、女子トイレに駆け込んだ。

「おい!　エイミ!」

「エイミさん!」

追いかけて入っていこうとする剛と野村、芹沢を、山田が素早く阻止する。

「ここは女子トイレです!　男子禁制です!」

「あっ、すみません……」とひるむ芹沢。

すると、自分の出番だというように、洋子が剛を押しのけてトイレに入っていく。個室の中に立てこもるエイミに、洋子が厳しい口調で言う。

「ねえ、何してんの？　早く出てきなさい！」

「もう帰ってよ！」

怒鳴るエイミを、入り口から剛が叱り飛ばす。

「父さんはお前をそんな恥ずかしい娘に育てた覚えはないぞ！」

と、剛を押しのけ、西条がトイレの中に入っていく。

「失礼します」

その後に吉良、基山も続く。そんな三人を、山田がじっと見ている。

トイレの中では、洋子が個室に向かって一方的に話し続けている。

「エイミちゃん、どうしたのよ？　勉強のストレスがすごいの？　ねえ、ママに言って」

「どうでもいい！　もう全部どうでもいい！　うるさい！　パパもママも、もう帰ってよ！」

エイミはパニックのような状態で、ひたすら怒鳴り返す。そこに、吉良が穏やかな口調で語りかける。

「エイミちゃん。ねえ、こういうときどうするんだっけ？」

「え？」

吉良の声に、エイミの怒鳴り声がやむ。ドアの向こうのエイミが少し落ち着きを取り戻したのを察し、吉良が言う。

「ほら、深呼吸」

以前、吉良が教えてくれたことを思い出したエイミは、泣きながらも言われた通りに深呼吸をする。

「エイミちゃん！　どうしてママに何も言ってくれないの！　ねえ」

せっかくエイミが落ち着いてきたというのに、また洋子が騒ぎ出す。

「お母さん、ちょっと落ち着きましょう」

基山が止めるが、洋子はさらに声を荒らげる。

「あなたのこと一番理解しているの、私なのよ！」

この洋子の言葉に、剛が入り口から声を張り上げる。

「俺だって理解してる。お前が……」

「もう帰ってよ！」

やはり勝手なことばかり言う剛と洋子を、エイミがまた怒鳴りつける。すると、見かねた西条がエイミに言う。

「エイミさん。つらいけど、やはりここはご両親と向き合って、言葉にしなくては伝わりません」

黙るエイミに、西条は続ける。

「怖いかもしれないけど、それでも束縛じゃなくて自由が欲しいなら、ときには闘わなくてはいけません」

「……」

「自由には責任がつきものですから」

エイミは何も答えない。剛と洋子もめずらしく黙り込み、成り行きを見ている。と、ゆっくりと個室のドアが開き、エイミが出てくる。エイミは剛と洋子の顔を見ると、涙ながらに謝罪した。

「パパ、ママ……。ごめんなさい。私が時計を盗みました」

洋子と剛は、どこかほっとしたような顔でエイミの言葉を聞いていた。

落ち着きを取り戻したエイミは、剛と洋子に寄り添われ、芹沢と野村の後に続いて小鳥遊署の廊下を歩いていく。その後ろ姿を、西条たちは黙って見つめていた。

その夜、いつもの居酒屋では、西条、吉良、基山の三人が事件解決を祝うように酒を飲んでいた。

「エイミさん、声優になれるといいですね」

西条の言葉に、吉良が「そうね」と頷く。

「彼女ならなれる気がします。きっと……」と基山も笑顔で言う。

すると、山田が店にひとりで入ってきた。吉良が気づき、少し驚いて「山田さん」とつぶやく。

「えっ?」と驚いて、西条と基山も振り返る。

「先ほどはどうも」

三人に挨拶する山田を、吉良が誘う。

「よかったら、一緒に飲みませんか?」

吉良の予想外の言葉に、西条と基山は一瞬固まる。そんな二人の反応を見て、山田は遠慮しようとする。

「私と一緒なんて嫌でしょ」

そんな山田に、基山は「どうぞ」と座る席を指差す。西条も「まあ、こんな日ですから」と笑顔を見せた。

二人にそう言われ、山田は「じゃあ」と遠慮がちに座った。

山田が着席し酒が揃ったところで、一同はとりあえず乾杯をする。酒を一口飲んだ後、基山は勇気を出して切り出す。

「あの、私山田さんに質問があります」

「なんですか？」

訊き返す山田に、基山はバッグから署内報の山田の記事を取り出して見せる。

「これなんですけど」

「え？　ねえ、ちょっと」と止めようとする吉良。

「え？　やだ懐かしい」

少し照れくさそうにする山田に、基山が単刀直入に訊く。

「山田さん、なんで刑事やめたんですか？」

「まあ昔のことだから……」

言葉を濁す山田に、西条が気を使って言う。

「話したくなければ話さなくても構いません」

「あっさり引き下がるのね」と、山田が冗談っぽく詰め寄る。そこで、基山がすかさず手を挙げて訊く。

「はい、私聞きたいです。教えてください」

山田は気を取り直し、遠い目で話し出す。

「恥ずかしい話なんだけど、結婚と刑事を両立させることができなかったから、刑事を諦めたの。結局うまくいかなくて離婚したけどね」

「うん。仕事と家庭の両立……永遠の課題ですね」

　吉良が共感するように頷く。吉良も離婚を経験しているからこそ、わかる部分も多いのだろう。山田が少し寂しそうに続ける。

「当時は、自分は女だから家庭を優先するのが当たり前と思い込んでしまっていた。でもそれは間違ってた。どうして刑事という大切な職業を手放してしまったのか。後悔したときにはもう遅かった。だから、今は、私のような思いをする人をひとりでも減らしたいと思ってる。そのためにもコンプライアンスは大事なの」

「そうだったんですね……」と基山。山田の切実な思いに、三人はうまく言葉を返せない。そんな三人に、話題を変えるように山田が言う。

「疑ってごめんなさい。あなたたちは仕事をサボってるわけじゃなかった」

山田の謝罪に、吉良がすかさず首を振る。

「いや、いいんですよ。割とそう見られがちですから」

西条と基山も少し照れくさそうに笑う。そんな三人に、山田が少しすっきりとした表情で言う。

「これからもお互い頑張りましょ。それぞれのフィールドで」

吉良と基山が笑顔で頷く。と、山田がふいに席を立つ。

「やっぱり、別の店で飲もうかな。お酒を飲むのも、それぞれのフィールドで」

そう言い残してお金をテーブルに置くと、山田は颯爽と店を出ていこうとする。と、その後ろ姿に、西条が慌てて呼びかける。

「山田さん！」

振り向いた山田に、西条が駆け寄る。

「刑事ではなくとも、山田さんは山田さんかと」

山田は少し面食らった顔をした後、微笑みながらゆっくりと頷く。そして、「……ラー油の件は見逃します」ときっぱり言うと、そのまま店を出ていった。

「えっ？」

すっかり忘れていた件を持ち出され、ドキリとする西条。山田の後ろ姿を見送りながら、つい吹き出してしまう。そんな西条の隣に並んだ吉良が、降参したように言う。

「ちょっと。最後まで一筋縄じゃいかないわね」

「やった〜。コンプラ研修免れた〜」

同じく横に並んだ基山がホッとしたようにそう言うと、西条も「私たちのアフターファイブは守られましたね」と嬉しそうに胸を撫でおろす。そして、これでおいしく酒が飲めるとばかりに、元気よく追加注文をした。

「すみません、熱燗もう一合追加で。ぬるめでお願いします」

「飲み直すよ」「は〜い」と吉良と基山も張り切っている。

「てかこれ、署内報持ってきちゃダメって言ったでしょ！」

「ごめんなさい、返しときます」

「絶対よ？」

そんな吉良と基山のやりとりを聞きながら、西条は満足げに酒を口に運んだ。


別の日——。

山田は、警視庁の一室にいた。前方に座る本庁の管理官が言う。

「コンプラチェックという名の人物調査、ご苦労だった。小鳥遊署に該当する人物はいましたか？」

山田が立ち上がって答える。

「特に怪しい人物はいませんでした。ただ……」

「ただ？」

怪訝な顔で訊き返す管理官に手にしていたタブレットで写真を見せながら、山田が続ける。

「極めて優秀な女性三人組、西条、基山、吉良は、注意深く見ていかなければならない存在だと思いました。以上です」

その写真には、隠し撮りしたと思われる西条、吉良、基山の三人が写っている。写真を一瞥してから、管理官は窓際に立って外を見ていた監察官の元に行き、写真を見せながら確認する。

「なるほど。よろしいですか？　監察官」

監察官は写真に目をやってから、また窓の外を見た。

5

小鳥遊市の若きイケメン市長・馬場園祐樹《ばばぞのゆうき》が、黒バックにひとり立ち、カメラ目線で問いかける。

『今から五十年後の自分を想像してください。隣に誰がいますか?』

この動画が流れているのは、西条のスマホだ。いつもの居酒屋で西条、吉良、基山の三人が食事をしているのだが、西条はイヤホンをしてひとりスマホに見入っている。画面の中の馬場園が、カメラに人さし指を向けて言う。

『誰も浮かばなかったあなた、正解です。所詮最期はひとり。だからこそ、人生のラストステージを明るく過ごすためのホームが必要なんです!』

西条は運ばれてきた焼き魚を前に、嬉しそうに箸を手に取る。馬場園の話は続く。

『そこで私は、小鳥遊市市長として、この街に、自立型複合老人ホームを建設することを公約いたします』

話を聞きながら、西条は焼き魚の喉元を箸で切る。それから真剣な眼差しで、魚の尾を箸でつまみ上げる。

動画映像は、そこで黒バックから馬場園事務所の応接室に切り替わり、馬場園に食ってかかる議員たちの姿が映し出される。

『老人ホームより、まず子どもを増やすべきでしょう。そのために、家族向けのマンションを建てるとか』

そう訴える議員に、馬場園は挑発的に返す。

『今令和ですよ？　昭和なのは髪型だけにしてください』

そこに別の議員も加勢する。

『市長のエゴです。少子化対策はどうするんですか』

すると馬場園は、またまた挑発的に返す。

『じゃ、なんですか、子どもはアイテムかなんかですか？　これ持っておけば、後々助かる、みたいな？　光の剣とか、火薬とか、そういうことですか？』

淀みなく出てくる馬場園の言葉をＢＧＭに、西条は魚を食べ進める。箸で尾を引っ張り上げると、魚の背骨がツツッと取れていく。

無駄なくきれいに背骨が取れたことに快感を覚える西条。画面の中の馬場園は、呆れたように手をひらひらさせて言う。

『あなた方は発言がいちいち化石なんです。化石すぎて討論になりません。遺跡で発掘してる気分です』

西条は、きれいに引きはがされた身を口に運ぶ。頷きながら、しっかりと味わう。画面の中では議論がエスカレートしている。

『それはあなたの価値観でしょう』

そう言って憤慨する議員に、馬場園が提案する。

『じゃあ、どちらが正しいか、世間に判断してもらいましょう。次は市民の前で議論しませんか？　もちろんリアルタイムで配信しながら』

その提案内容に議員たちはたじろぐ。馬場園は返答を迫る。

『やりますか？　イエスかノーで答えてください！　返事がないということはイエスですね？　はい、決まり！』

馬場園は一方的にそう言うと、バンと机を叩く。その瞬間、魚を食べ終えた西条が箸を置く。画面からは『というわけで、七月十二日金曜日、馬場園市長、公開生トークバトル、開催！』というアナウンスが流れ、効果音とともに動画が終わる。

西条は、見事に骨だけが残った皿を前に、ゆっくりと熱燗を飲む。

満足げに味わう西条を見て、基山が訊く。

「……西条さん」

「ん？」

「もしかして、この人、好きですか？」

西条はイヤホンを外し、基山に応じる。

「好きというわけではありません。ただ、話に無駄がなく、かつ勢いがあるので聞いていて気持ちがいいです」

基山は頷きながら言う。

「そこが受けて、ＳＮＳでバズってるんですよね。医者出身の毒舌イケメン市長って」

動画が終了したスマホ画面には、動画のサムネイルが映し出されている。『馬場園市長のスカッと切り抜き集』というタイトルで、再生回数は五十万とある。その数字を見て、西条が「再生回数五十万とは、なかなか……」と感心したようにつぶやく。

一方の基山は、白すぎる歯を見せて笑っているサムネイルの馬場園を見て、嫌悪感を滲ませる。

「私的には、歯が白すぎる人ってどうも信用できないんですよね。うさんくさいというか、全部パフォーマンスに見えてしまって……」

と、そこに芹沢が現れ、唐突に会話に参加してくる。

「けど、そのパフォーマンスに乗っかろうっていう輩もいてさ」

「あ、芹沢さん」と吉良。芹沢はテイクアウトの包みをテーブルに置くと、カウンターに座った。

「あ、座った」

迷惑そうに言う西条に構わず、芹沢は話を続ける。

「馬場園市長って、尖ってる分、敵対する勢力も多いだろう？　それでうちの署長が――」

芹沢は、馬場園が小鳥遊署を訪れた際の馬場園と御手洗の会話を説明する。御手洗が自ら馬場園に警護の話を持ちかけたのだ――。

「市長、生討論会までのプロモーション期間、ぜひ、わが小鳥遊署に警護をお任せください！　市長に万が一のことがあったら、どれだけの市民が悲しむか……しかし、我々がついていれば」

必死でアピールする御手洗に、馬場園が本音を見透かしたように訊く。

「つまり私を利用して、この警察署の名を上げたいんですね」

「……え」

ずばり言い当てられ返答に詰まる御手洗。

「め、めっそうもない！　我々は純粋に市長の身の安全を……」

そんな御手洗を遮り、馬場園は不適に笑って言う。

「きれいごとは結構です。まあ、こちらも箔がつくし、いいでしょう。ウィンウィンでいきましょう」

「……ははは」

一枚も二枚も上手な馬場園に、御手洗はひきつった笑いで曖昧に返した。

「てなわけで、これから警護実施計画の会議だ。下手すると、公開生討論会本番まで四日間、つきっきりで警護だよ……じゃあな」

芹沢が去った後に、吉良が憤りを覚えたように言う。

「パフォーマンスのために駆り出されるなんて、迷惑な話ね」

そんな吉良を、基山が意外そうに見る。

「あれ……めずらしいですね。吉良さんがイケメンの味方しないなんて」

基山の指摘に、吉良はスマホ画面の馬場園に目をやりながら答える。

「……私、暑苦しい人、苦手なの」

吉良のその言葉に、西条が頷く。

「わかります」

「え、西条さんは気に入ってたんじゃ」と基山。

「見てる分にはいいですが、関わりたくはないです。熱い人ほど、他人の領域に平気で入ってきますから」

西条はそう淡々と返すと、ぬるい酒を一口飲んだ。

飲み会がお開きとなり帰宅した西条が、マンションの中庭を歩いている。

「おかえりなさい！」

と声をかけられる。顔を上げると、コンビニ帰りと思しき安達がいる。

「……いつも思うのですが、暇なんですか」

遭遇率の高さに、つい失礼なことを口にしてしまう西条。そんな西条をスルーして安達が言う。

「そういえば、金曜夜、花火大会ですね」

「何が『そういえば』だか、よくわかりませんが」

西条の冷たい返しを再びスルーして、安達は西条を誘う。

「よかったら、花火、一緒に見ません？」

「お断りします」

迷いなく断る西条に、安達が訊く。

「どうして」

「窮屈な浴衣を着て、人込みに紛れて花火を見る。それの何が楽しいのか、理解できないからです」

夏の定番イベントを全否定する西条の返しに、安達が思わずつぶやく。

「西条さんて、一応まだ二十代ですよね……」

そんな安達のつぶやきには耳を貸さず、西条は続ける。

「そもそも花火大会とは、花火を免罪符に、ただ羽目を外したい人間が集まる場です。そういう場に出かけたいとは思いません」

そこで、安達がやんわりと口を挟む。

「誰も、出かけようとは言ってません」

「——え？」

「うちのマンションの屋上から打ち上げ花火が見えるんですよ。気づきませんでした？」

「……そもそも、花火を見ようとしたことがありませんでした」

予想外の展開に、少し調子を狂わせる西条。安達はあらためて西条を誘う。

「仕事終わりに、だらだら酒飲みながら一緒に花火を見ましょう」

「……だらだら酒飲みながら……」

その魅力的なフレーズに、西条の心が揺れ動く。そんな西条の心を見透かし、安達がもう一押しする。

「酒もつまみも、全部僕が調達します。そうだ、北海道からホタテの松前漬け、取り寄せます！」

「ホタテの松前漬け……？」

「おいしいですよ、ホタテは今が旬で！」

好物をチラつかされ、完全に心が持っていかれた西条。少し間を空けてから、極力冷静を装って答える。

「……金曜夜なら、今のところ空いてはいますが」

「では、決まりですね」

嬉しそうに顔を輝かせる安達に、西条は慌てて念を押す。

「決まりというわけでないです！」

「もちろん仕事優先で構いません。約束ですよ」

その〝約束〟という言葉が気にかかり、西条は再び念を押す。

「ですから、それはつまり、約束、というわけでは――」

「また連絡します。おやすみなさい」

しかし、安達はその西条の言葉を遮るように挨拶をし、そのまま立ち去ってしまう。

西条は安達に翻弄されたような気分になり、しばしその場に立ち尽くした。

月曜日――。
出勤してきた西条が、作業を始める前にデスクの上を拭き掃除している。時計は八時五十五分を指している。そのとき、西条のスマホにメッセージが届く。

見ると、それは安達からだ。

『おはようございます。花火大会、今から楽しみです』

西条は「おはようございます」と返事を打ち、掃除を続けようとする。と、またメッセージが届く。もちろん安達からだ。

『すでにおいしいお酒、ゲットしました！』

西条は再び「ありがとうございます」と声に出しながら返事を打ち、掃除を再開しようとする。が、またすぐに返事が来る。

『とんでもないです！　誘ったのはこちらですから』

西条は「では、また」と手早くメッセージを打ち送信するが、同時にもうひとつ安達からメッセージが届く。

『あ、そうだ』

「！」

ビクッとして手を止める西条。そこにメッセージが連投されてくる。

『デザートはケーキ系と和菓子系、どっちがいいですか？』

メッセージを見た西条は、スマホを手にしたままよろめくと、息も絶え絶えにつぶやいた。

「……これ、どうやって終わるんだ……？」

その頃、小鳥遊署の廊下では、御手洗が芹沢と野村を摑まえ発破をかけていた。

「馬場園市長の警護の結果次第で、今後の我が署の評判が大きく変わってくる。とにかくつきっきりで頼むぞ」

「つきっきりで……ですか」

御手洗の勢いに引き気味になる野村を小突き、芹沢が代わりに答える。

「お任せください」

芹沢に合わせ、野村も渋々返事をする。

「はい」

そこに吉良が通りかかり、御手洗が声をかける。

「あ、吉良さん。ちょうどよかった」

「はい？」

振り向いて立ち止まった吉良に、御手洗が唐突に頼む。

「吉良さんも一緒に、医務係として市長に付き添って」

「……私が？」

怪訝そうな表情になる吉良。野村も首をかしげて訊く。

「なんでわざわざ、吉良さんが？」

「それが、馬場園市長、直々のご指名だそうだ」

「――え」

御手洗の答えに、吉良はうんざりした様子で顔をしかめる。

それを見た芹沢と野村は、「どういうこと？」と不思議そうに声を合わせた。


翌日――。

早朝の街中を馬場園が歩いている。その傍らには、『馬場園ちゃんねる』の動画撮影のカメラが密着している。

「いやあ、気持ちのいい朝ですねえ」

歩きながらカメラに向かって声をかける馬場園。と、ふいに道に落ちているゴミに気づき、それを拾う。

そこに、カメラマン兼ディレクターである佐橋勝也《さはしかつや》の声が入る。

「市長、自らゴミ拾いですか」

馬場園がカメラに向かって答える。

「ええ、事務所までの道、目についたゴミを拾うのが習慣で……もはや朝のルーティーンですね」

その後も馬場園が目についたゴミを拾いながら歩いていると、道端で寝ている酔っ払いに出くわす。

「お父さん、起きてください。お父さん、大丈夫ですか」

馬場園は声をかけ体を起こしてやると、佐橋から受け取った水のペットボトルを差し出す。

「ほっといたほうがよくないですか？」と佐橋の声。

「いえいえ、市民はみんな、私の家族なんで」

馬場園は爽やかな笑顔でそう答えると、再び歩き出す。すると今度は、違法駐輪している自転車が目に留まり、自ら片付け始める。そこにガラの悪い、いかにもチンピラといった男がやってきて、いちゃもんをつけてくる。

「あんた、この辺の土地、勝手に老人ホームにしようとしてるんだって？」

馬場園は表情を変えることなく、チンピラ男の乱れた襟元を直しながら答える。

「あなたもいつか年を取る。そしたら、もうそんなふうにイキってられない。わかりますよね……？」

その言葉にチンピラ男が逆上し、馬場園の胸ぐらを勢いよく掴む。

「なんだと、コラー!!」

そこに、警護に当たっていた芹沢と野村が慌てて割って入る。その様子をカメラに収めながら、「大丈夫ですか、市長」と佐橋が声をかける。

「こんなの、なんてことありません」

馬場園はカメラ目線で答え、白い歯を見せて笑う。そして、力強く宣言する。

「私はみなさまとの公約を守るまで、どんな反対勢力にも屈しません。何かを変えるとき、向かい風はつきものですから……！」

「ハイ、ＯＫです！」

佐橋がカットをかけ、撮影が終了する。その瞬間、馬場園はスッと真顔に戻り、同時にチンピラ男は、何事もなかったかのように芹沢たちから体を離す。道端で寝ていた酔っ払いも立ち上がる。

「では、お先に失礼しまーす」

チンピラ男と酔っ払いは声を揃えてそう挨拶すると、颯爽と立ち去っていく。

「え!?　仕込み!?」

拍子抜けしている野村をよそに、佐橋は進行台本を取り出すと、ページをめくりながら馬場園に次の撮影の説明を始める。

「この後、総菜屋の前で立ち止まって、笑顔で試食してください。気さくな市長の一面を演出しようかと」

「よし、どんどん行こう」と馬場園は頷く。

その様子を見ていた芹沢が、思わず「バカバカしい……」とつぶやく。隣にいる吉良も呆れ顔になっている。芹沢は馬場園に近づき、苦言を呈する。

「ちょっとやらせがすぎませんか？」

しかし馬場園は、まともに取り合わず笑いながら言う。

「やらせじゃなくてパフォーマンスですよ、パフォーマンス」

それから馬場園は、吉良のほうに顔を向けると、微笑みながらこう言った。

「吉良、元気そうだな」

「……久しぶり」


その頃、小鳥遊署の休憩スペースでは、西条と基山がスマホで『馬場園ちゃんねる』を見ていた。吉良が馬場園から付き添いの指名を受けたことで二人の関係を知った基山が、驚きを隠せないように言う。

「まさか、吉良さんと馬場園市長が、研修医時代の同期だったとは」

基山の言葉に西条も頷く。

「どうして黙ってたんですかね。いつもなら、真っ先に話しそうなのに」

すると基山が、ふとあることに気づく。

「そもそも吉良さんって、イケメン好きなわりに、リアルな男性の影がないですよね」

「確かに。毎週金曜は必ず私たちと飲んでますし」

納得する西条に、基山が意味深な笑みを浮かべて言う。

「意外と、西条さんのほうがモテてたりして」

「私と安達さんはなんでもないですから。せいぜいお隣さん認定から知り合い認定になったにすぎません」

西条は少し慌てたように早口でそう言うと、そそくさと立ち去っていく。その後ろ姿を見送りながら、基山はぽつりとつぶやいた。

「……別に安達さんの話なんて、してないのに」


鑑識係に戻った西条が、デスクのパソコンで事務作業をしている。

「……ん？」

ふと、何かに気づいて手を止める。西条は杉田のほうを見て訊く。

「杉田さん、このパソコン、なんか触りました？　デスクトップのレイアウトが変わった気がするのですが」

「俺、なんも触ってないっす」と杉田。

すると島根も西条に便乗して言う。

「あ、パソコン俺のも調子悪くてさ。最近、なかなか立ち上がらないんだよ。冬の寝起きの俺、みたいに」

西条は島根のつまらない冗談を聞き流すと、「……まあ、気のせいか」と独り言を言い、再び作業に戻った。


動画撮影を終えた馬場園と吉良が、公園で話をしている。

「小鳥遊署のデータ見て、お前の名前見つけたときは驚いたよ」

そう言いながら、馬場園はふいにスマホで吉良とのツーショットを自撮りする。

「何」

勝手な自撮りに面食らう吉良に、馬場園が言う。

「この写真、SNSに載せていいか。昔の仲間が警護についてってエモいし」

あまりにノリが軽薄な馬場園を見て、吉良はため息をつく。

「あんた変わったね……昔はバカみたいに正直者だったのに」

そんな吉良の顔をじっと見ると、馬場園は少し真面目な表情になって言い返す。

「そっちこそ、あのときの約束はどうしたんだよ」

黙り込む吉良に、馬場園はさらに言う。

「忘れたのか。十年前、研修先の病院で――」

「覚えてるわよ」

今ここで聞きたくないとばかりに、吉良は馬場園の言葉を遮る。同時に、その十年前の出来事を思い出す——。

研修医時代の馬場園と吉良が、研修先の病院の上司に抗議をしている。

「患者は平等でしょう！　議員だからって優先するなんてありえませんから！」

毅然とした態度で上司に立ち向かう馬場園。吉良もそれに続く。

「そうですよ、後回しにされた患者さんは、あと少しで最悪の事態になるところだったんです！」

しかし上司は、二人をまったく相手にしない。

「悪いけど忙しいんだ。ヒーローごっこならほかでやってくれ」

上司は表情も変えずにそう言うと、その場を立ち去っていく。

「……情けない。あんなやつが医局長だなんて」

その後ろ姿を腹立たしげに見つめながら、吉良がつぶやく。そんな吉良に、馬場園が強い決意の宿った目で言う。

「吉良、俺はとっとと教授まで上り詰めて、あいつらを叩きのめしてやるからな」

「……」

黙って馬場園を見つめる吉良に、馬場園が訊く。

「そのときは、俺に協力してくれるか」

吉良は嬉しい気持ちを隠すように、わざと素っ気なく返す。

「言っとくけど、先に出世するのは私。協力する側はそっちだから」

その吉良の言葉に馬場園はふっと笑顔になると、優しい口調で言った。

「……一緒にこの業界を変えような」


目をそらし黙り込む吉良を、馬場園が問い詰める。

「それが、なんで今、産業医なんてぬるま湯につかってんだよ」

「現実を知って疲れただけ。そっちこそ、あのときの暑苦しさはどこ行ったのよ?」

吉良はうんざりとした口調で答えてから、負けじと馬場園を問い詰める。

「俺は、現実を目の当たりにして、切り替えたんだ。世の中をコントロールするためなら、手段を選ばないってな」

「……ふーん」

馬場園の答えに、吉良は納得のいかない様子を見せる。そんな吉良に馬場園が訊く。

「……あれから離婚して、子どもの親権、取られたんだって?」

「……余計なお世話」

急に触れられたくない話題を持ち出され不愉快そうに返す吉良に、馬場園がしみじみと言う。

「昔から似てるんだよな。俺たち」

「は……どこが」

心外だという表情になる吉良。馬場園は構わず続ける。

「一番大事なものを守れないところ。その結果、今もずっとひとり。そうだろ？」

吉良は思わず返答に詰まる。しかし、すぐに取り繕い余裕の笑みを向ける。

「悪いけど、私、そんな寂しい女じゃないから」

そう言うと、吉良は馬場園に背を向け、返答を待たずにそのまま立ち去った。


仕事を終えた吉良が、夜道をひとり歩いている。と、スマホにメッセージが届く。藍からだ。

メッセージを開いた吉良は、足を止め固まってしまう。そこには絵文字だらけのこんな文章が表示されている。

『昨日は来てくれてありがとうございます。可奈《かな》さんの作ったハンバーグ、とーっても美味しかったです！　パパも喜んでました！』

「え……？」

吉良が呆然と画面を眺めていると、即座にそのメッセージは取り消され、新しいメッセージが送られてくる。

『ママ。ごめん、今の忘れて。間違えちゃった』

吉良はむなしくスマホを見つめた後、『らじゃ』という言葉とともにふざけた絵柄のスタンプを藍に返す。

「……敬語なんか、使っちゃって……」

藍の見たことのない一面を垣間見てしまった吉良は、切なげにそうつぶやくと、重い足取りで再び歩き出した。

一方、外での仕事を終えた馬場園は、『馬場園事務所』と看板が掲げられている自分の事務所に戻った。鍵を開けドアを開くと、室内から物音がする。

馬場園はおそるおそる中に入る。室内を見回すとすぐに、デスクのパソコンが開いていることに気づく。

ゆっくりとデスクに近づいていく馬場園。デスクの引き出しが開いていて、床に書類が散乱している。ふと風を感じ、窓のほうに目をやると、窓ガラスが少し開いている。

空き巣の仕業かと馬場園が表情を変えたその瞬間、馬場園の背後にある家具の陰から、覆面をした男が姿を現す。男は近くにあった置物を手に取ると、大きく振りかぶり馬場園に殴りかかった。

翌日――。

小鳥遊署の会議室で、芹沢と野村が馬場園の話を聞いている。馬場園は頭に包帯を巻いており、その傍らにはカメラを持った佐橋の姿がある。

「まさか、本当に狙われていたとは……」

驚きを隠せず、そう口にする芹沢。野村が真剣な眼差しで訊く。

「馬場園市長、犯人に心当たりは」

すると馬場園は、平然ととんでもないことを言う。

「そんなもの、ありすぎる」

「え……」

ぽかんとする野村に、馬場園は指折り数えながら犯人の心当たりを挙げていく。

「老人ホームの建設には反対派が山ほどいる。立ち退きを渋る住民、商店街の店主、マンションを抱える不動産業者、そいつらとつながってる政治家もな」

「それならそれで、どうして相談してくれなかったんですか」

呆れ顔で訊く芹沢に、馬場園はいつもの強気な態度で返す。

「一般論として、わかることだろう」

気を取り直して野村が訊く。

「犯人は反対派の誰かだとして、狙いはなんなんですかね」

「おおかた、俺の足を引っ張るためのネタ探しってとこだろ」

馬場園はまったく意に介さない様子でそう言うと、突然、佐橋が構えるカメラに向かって話し出す。

「だがみなさん、ご安心ください。私は大丈夫です！　このぐらいのことでは絶対にひるみません！」

どんなことも市民へのＰＲに利用する馬場園を、芹沢は苛立った様子で止める。

「勝手にカメラ回さないでください」

芹沢はカメラを手で遮りながら、馬場園に言う。

「すぐホテルを用意しますので、そちらで待機願います。指示が出るまで、決して出歩かないようにしてください」

「……事務所のほうが仕事しやすいんだが」

こんなときだというのに身勝手なことを言って渋る馬場園に、芹沢はさらに苛立ちを露わにして強い口調で言った。

「事務所は今、鑑識作業中です！」

苛立つ芹沢を佐橋はカメラに収めようとし、さらに激高させる。

「だから回すなっつってんだろ！」

その頃、鑑識係の部屋にいる西条は、作業もせずに自分のデスクでじっとスマホを見ていた。見ているのは安達からの返信メッセージで、そこには『祭りの件、詳細はまた連絡しもす』とある。

『〈連絡しもす〉って……なぜ、ここで間違える⁉』

安達の中途半端な打ち間違いに、心の中で激しく突っ込む西条。そんな、心ここにあらずに見える西条に、島根が声をかける。

「西条さん、どうしたの、ぼーっとして」

「どうもしませんが」

西条はハッと我に返り、慌ててスマホをしまいパソコンに向き合う。

しかし、安達の打ち間違いを放置するのがどうしても気持ち悪い西条は、耐えきれずに再びスマホを取り出す。

『〈連絡しもす〉ではなく〈連絡します〉ですよね？』

西条は心の中でそうつぶやきながら、すごい速さで文字を打ち、送信ボタンを押す。

「……よし」

西条は満足顔でスマホをしまうと、今度こそ集中してパソコンに向かう。

そこに、不穏な足音が聞こえてくる。

「――」

振り向くと、やはり杉田が立っていた。杉田は西条の目の前に鑑識バッグを掲げると、満面の笑みで言う。

「せんぱーい、馬場園市長の事務所から、指紋、たーっくさん採ってきました」

毎度のことに、西条はうんざりとした表情で頭を抱えた。


夕方になっても、西条はまだ指紋鑑定に追われていた。

「電球、椅子の脚、廊下の壁、窓、置物全部……」

サンプルのあまりの多さに、西条は思わずくらっとしてしまう。

「ダメだ……指紋の渦に呑まれそう……」

呼吸が荒くなる西条の隣で、杉田が文句を言われる前に言い訳をする。

「今回ばかりは俺のせいじゃないっすよ。相手が市長だから、いつも以上にやれって署長に言われたんですよぉ」

一緒に作業をしている島根も疲れ切ったように言う。

「あーあ、てっきりこっちの業務には影響ないと思ったのに、残業確定だねぇ」

と、そこに基山と大道がやってくる。

「お疲れさまです」

挨拶をする基山に、西条が訊く。

「基山さん、どうしたんですか」

「ちょっと気になることがありまして……。パソコンお借りします」

基山がそう言うと、「あ、じゃあ私のパソコンをどうぞ」と島根が譲り、大道が島根のデスクのパソコンを操作し始める。操作しながら、大道が眉をひそめてつぶやく。

「……ここも、データが飛んでるな」

「何か問題？」

島根の問いに基山が答える。

「交通課の共有データがおかしくて……。ほかの部署も見て回ってるんです」

最近、パソコンに異変を感じていた西条が、合点がいったように頷く。

「やはり、勘違いじゃなかったんですね」

すると杉田が、席を立ち申し出る。

「ウイルスじゃないすか。俺、見てみましょうか」

「お願いします」

基山が頼むと、杉田は大道に代わって島根のデスクの前に座り、パソコンのキーボードを叩き出す。

「俺、こう見えて、ハッカー的なこともできる人なんですよー」

得意げな杉田の言葉に、いつも杉田の大量すぎる鑑識材料集めにうんざりしている西条が言う。

「杉田くん、もう永久にそっち手伝ってて」

そんな、にわかにざわつき出した部屋の中を見ながら、島根はぽつりとつぶやいた。

「……なんか市長の警護が始まってから、みんな忙しそうだね」


木曜日――。

小鳥遊署の休憩スペースで、芹沢がソファに横になって仮眠をしている。そんな芹沢を見つけた野村が、肩を揺すって起こす。

「芹沢さん！　芹沢さん、起きてください！」

「……なんだよ……」

寝ぼけた顔で面倒くさそうに答える芹沢に、野村が大声で言う。

「馬場園市長がいなくなったんです！」

一気に目が覚めたように、ガバッと起き上がる芹沢。野村が状況を説明する。

「今連絡があって、ホテルの部屋がもぬけの殻だって」

「あれだけじっとしてろって言ったのに……！」

芹沢が立ち上がり歩き出したそのとき、野村のスマホの通知音が鳴り、スマホ画面を見た野村が声を上げる。

「あ！　馬場園ちゃんねるが更新されました」

野村がスマホを芹沢に見せる。

『今日の市長は、ここ、小鳥遊市の介護施設にお忍び訪問です』

スマホから流れる佐橋の声に、芹沢は耳を疑う。馬場園はホテルで待機という指示を無視して、いつも通り市民へのＰＲ活動を行い、カメラに密着させライブ配信していたのだ。


馬場園は介護施設の談話スペースを訪問していた。「どうも、お久しぶりです！」と、次々と老人たちの相手をしながら歩いていく馬場園を、佐橋のカメラが追っている。

「市長ー」

「今日も素敵だわぁ」

「お願い、握手してー！」

口々に呼びかけてくる老人たちに、馬場園は満面の笑みで手を差し出す。

「みなさん、お元気そうで何よりです」

馬場園が握手をしながら進んでいくと、少し離れたところで車椅子に座ってぼんやりと窓の外を見ているひとりの老人・秋絵《あきえ》がいた。「みなさん、ちょっと失礼します」と言って馬場園は輪を抜け、膝をついて秋絵に声をかける。佐橋はカメラを回し続けている。

「どうかされたんですか？」

馬場園の問いに、秋絵が言う。

「……今日ね、息子の誕生日なの」

「息子さんがいらっしゃるんですね」

「そうなの。誕生日は、毎年一緒に祝うって約束してたんだけど、勉強が忙しそうで……」

遠い目で息子を想いながら答える秋絵に、馬場園が訊く。

「学生さんですか」

「ええ、お医者さんを目指してるの。だから会えなくても仕方ないわね」

寂しさを押し殺し自分を納得させるように言う秋絵。馬場園はそんな秋絵の手を取ると、じっと目を見つめて言う。

「じゃあ、今日は僕を、その息子さんだと思ってください」

「まあ……嬉しい」

馬場園の言葉に感激し、涙ぐむ秋絵。その様子にほかの老人たちも寄ってきて、「私も息子が欲しい」などと言いながら、わいわいと馬場園を取り囲む。

その老人たちに笑顔で対応する馬場園の様子を撮りながら、佐橋が声をかける。

「市長、すごい人気ですね」

「ここに来ると、いつもみなさんのパワーに圧倒されます。高齢者が介護されるだけの施設はもう古い。自立型の老人ホームが日本の豊かさにつながる。私はそう確信しています！」

佐橋の声にそう答えると、馬場園はカメラ目線になり、白い歯を見せて笑う。

——と、そこに手が伸びてきて、その手のひらが動画画面を覆う。手の主は、急いで駆けつけた芹沢だ。

「やめてください！」

芹沢は撮影を止めさせると、馬場園と佐橋を老人たちから離れた場所に引っ張る。そこには吉良と野村もいる。芹沢が咎めるように言う。

「あなた、狙われてるという自覚あるんですか」

しかし馬場園は、「プロモーション活動の邪魔しないでくれ」とだけ言うと、その場を立ち去ろうとする。

そのとき、吉良が馬場園の頭に巻かれている包帯に血が滲んでいることに気づく。

「待って」

吉良は手当てしようと手を伸ばすが、馬場園は「包帯、替えなくていい」とその手を避ける。

「え」

手を止めた吉良に、馬場園がにやりと笑いかけて言う。

「このままのほうが、話題性がある」

「……あんたね」

自分の体よりも話題重視の馬場園に吉良は呆れ返る。芹沢は我慢ならず、横から口を挟む。

「あなたが動けば、それだけ市民に危険が及ぶ可能性があるんですよ」

「狙われてるのは俺だろ」

平然と言い返す馬場園に、野村も困り顔で言う。

「だとしても、何かトラブルが起きたら」

「それはそれで面白い」

あまりにも身勝手な馬場園のこの言い分に、芹沢はついカッとなる。

「いい加減にしろ!」

「……」

馬場園が芹沢を見やる。気持ちの収まらない芹沢は、さらに言う。

「あんた、それでも市長か」

「……気に入らないならチェンジだ。お前の代わりはいても、俺の代わりはいない」

馬場園は芹沢を見据えてそう言うと、その場を立ち去っていく。佐橋と野村がその後についていき、芹沢と吉良が残った。

「……自分のことしか考えてねーな」

腹立たしげにつぶやく芹沢。

「昔は真っすぐなやつだったんだけどね。暑苦しいぐらい」

吉良は馬場園をフォローするようにそう言うと、芹沢を見て付け加える。

「あんたと同じで」

「は？」

自分が暑苦しいやつだという自覚がない芹沢は、訳がわからず訊き返した。


その夜、西条と基山がいつもの居酒屋で食事をしているところに、疲れた様子の吉良が合流する。席に着いて深いため息をつく吉良を、西条が気にかける。

「吉良さん、お疲れですか」

「やっぱり馬場園市長、大変なんですか」

基山の問いに、吉良がぼんやりと考えながら答える。

「別に……ただ、先のことってわかんないなーって思って」

「というと」

意味深な答えに、西条が話の続きを促す。吉良が言う。

「昔ね、あいつと約束したんだよね。一緒に医療業界を変えていこうって」

「吉良さんにも、そんな熱い時代があったんですね」

意外そうに言う基山に、吉良は小さく頷く。

「うん……でも、結局変わったのは自分たちのほうだった」

そこでふと、西条が疑問を口にする。

「……どうして、人間って、約束したがるんですかね」

「そのときは本気なのよ。シンプルに絆を深めたいと思うし」

吉良が一般論を答える。すると基山は、真逆にある自分の考えを言う。

「私は、最初から約束なんて信じてません」

「いや、何があったの？」と吉良。基山はその理由を話す。

「うちはそういう家庭だったので。授業参観も運動会も、父親は来るって言って必ず来ないんです。だったら最初から何も言わなきゃいいのに」

基山の話に、西条が強く同意する。

「期待させて失望させるぐらいなら、約束なんてしないほうがいいですよね」

そんな西条に基山が訊く。

「……西条さんも、何かあったんですか？」

西条はため息をつくと、暗い声で言う。

「安達さんと約束したのですが、もはや後悔しています」

「どうして？」と吉良。西条は苦々しい表情で答える。

「私にとっては、思いのほかプレッシャーでして」

「それって、面倒だからですか、それとも楽しみだからですか？」

基山の問いに、西条は語気を強めて即答する。

「面倒のほうに決まってるじゃないですか。約束したばかりに、メッセージをどうやって終わらせようとか、余計な気苦労が生まれ、自分のことに集中できません」

そう一気に話すと、西条は再びため息をつく。そのため息につられるように、吉良と基山もまた、自分が抱えているモヤモヤに深くため息をついた。


木曜日——。

鑑識係の部屋で作業をしていた西条が、その手を止めて、じっとスマホを見ている。

『……これは、一体どういうこと……？』

不可解な事態に、西条は心の中でつぶやく。スマホ画面には、西条が安達に送ったメッセージが表示されている。

『今日は予定通り、17時48分に、屋上集合でよろしいですね』

メッセージは既読がついているが返信はない。

『花火大会は今夜なのに、返事がないとは』

西条は心の中でつぶやく。時計を見ると、時刻はすでに十五時四十五分だ。西条は時計を見ながらしばし考え込み、また心の中でつぶやく。

『朝九時三分に送信してから今に至るまで六時間四十二分。この空白を、どう解釈すればよいのやら……』

西条はあらためてスマホ画面の『既読』の文字をじっと見つめると、「……そうか」と何かに気づく。

『これが、世に言う既読スルーというものか……！』

西条が心の中でそう納得している傍らで、島根がパソコンを見ながら言う。

「いよいよ、生討論会、始まるね」

パソコン画面には『馬場園ちゃんねる』が映し出されており、カメラは生討論会会場の廊下を歩く馬場園の姿を追っている。

そこに、馬場園に問いかける佐橋の声が入る。

『ついにこの日がやってきましたね、馬場園市長。本番を前に、リラックスしてるように見えますが』

馬場園は余裕しゃくしゃくといった様子で答える。

『まあ、緊張するほどの相手じゃないですから』

動画を流し見しつつコメント欄を見ている島根が、その内容を見てつぶやく。

「にしても、この市長、着々と敵が増えてるけど」

そこには、「命狙われてるってマジ？」「顔の傷、そのときのだって」「どっかと癒着してるらしい」「きな臭い」「自演乙」といった噂話や非難の声が溢れ返っている。

「ＰＲしすぎて、逆に反感買ったんじゃないでしょうか」と西条。その意見に、島根も肩をすくめて同意する。

「何事も度がすぎるとよくないね。熱すぎるのも、歯が白すぎるのも」

そこに、「自業自得ですよ」と言いながら芹沢がやってくる。

「あれ、男前は市長の護衛についていなくていいの？」

島根の問いに、芹沢が不機嫌そうに答える。

「降ろされたんです。まあ、こっちからもお断りですけどね」

芹沢が護衛から外れたと知り、これで鑑識係もトラブルに巻き込まれなくて済むと思った島根が西条に言う。

「そうなんだー、よかったね、西条さん。今日は定時で上がれそうだよ」

しかし西条は、何も答えずじっとスマホを見ている。安達からの返信はまだ来ない。

様子のおかしい西条に、島根が呼びかける。

「西条さん？」

西条はハッと我に返り、慌てて返事をする。

「え、ああ。頑張ります」

西条は思い切ってスマホ画面を下に伏せると、作業を再開する。そして、心の中でこう自分に喝を入れた。

『……私としたことが……たかが、花火の約束ごときで振り回されるなんて！』


公開生討論会の会場であるホール内では、着々と準備が進んでいた。椅子が置かれていく様子を見ながら、野村が少しホッとしたようにつぶやく。

「やっと今日で市長とお別れか……」

その隣で吉良が、まだ油断はできないという表情で言う。

「何事もないといいけど」

「俺、異常がないかチェックしてきます」

野村は吉良の言葉に気を引き締め直し、ホールの安全面をあらためてチェックしに行く。と、そこに御手洗が花束を手に現れる。

「吉良さん」

吉良に近づき、御手洗が訊く。

「馬場園市長は？」

「今、控室ですけど」

「じゃ、これ、市長に渡してきてくれる？　俺が渡すと、ほら、変に下心があると思われちゃうから」

御手洗はそう言うと、花束を吉良に渡す。

「いいですけど……」

仕方なしに花束を受け取る吉良。ふと、花の中に添えられたメッセージカードを見つける。それはバースデーカードだった。

そのメッセージを何げなく見た吉良は、あることに気づき、サッと表情を変えた。


その頃会議室では、杉田が泊まり込みで引き続きウイルスの解析を進めていた。そこに、基山と大道が入ってくる。パソコンに向かいキーボードを打ち続ける杉田に、大道が言う。

「杉田くん、もう今日で三日目だけど」

基山もしびれを切らしたように訊く。

「まだ解析できないんですか？」

杉田はパソコン画面を見つめたまま、さすがに疲れが見える表情で答える。

「ウイルスが仕込まれてるのはわかったんすけど、侵入元がなかなかなか」

「ウイルスだとどうなっちゃうんですか」と基山。杉田に代わり大道が答える。

「セキュリティが破壊されて、情報が流出するかも」

「そんな……。誰かが悪用しようとしてるんですかね」

不安げな基山の言葉に、杉田は逆に活気づく。

「敵は世界的な巨大組織だったりして。……ああ、なんか特命の仕事してる気分っす」

基山はすかさず、杉田に発破をかける。

「杉田くん、ここはもう、やりすぎてもいいですから早く侵入元の特定してください！」

「はいっ！　俺、こういう切羽詰まったときほど、力を発揮する人なんすよー！」

杉田はまんまとやる気になり、張り切ってキーボードを叩き出した。

そんな杉田を基山と大道が応援する。

「ガンバレ……！」

馬場園はその頃、控室で鏡の前に座り、緊張の面持ちで討論会開始時間を待っていた。

頭にはまだ包帯が巻かれている。

そこに、花束を手にした吉良がやってきて、開いたままのドアをノックしつつ声をかける。

「お疲れ」

「ああ」

振り返った馬場園に、吉良が花束を差し出す。

「……これ、うちの署長から」

馬場園は黙ったまま花束を受け取る。花束のカードには「ハッピーバースデー」とある。

「……そういえば、昨日はあんたの誕生日だったよね」

「……ああ」

吉良の言葉に、馬場園が短く頷く。吉良はさらに言う。

「昨日、介護施設で話してた人って、もしかしてお母さま……？」

メッセージカードを見た瞬間、吉良は昨日の介護施設での馬場園の姿を思い出していたのだ。「……今日ね、息子の誕生日なの」と話す秋絵に、「息子さんがいらっしゃるんですね」と優しく返していた馬場園の姿を――。

「老人ホームの計画って、お母さまのために？」

続けざまに訊く吉良に、馬場園は観念したようにため息交じりで答える。

「……向こうは俺が息子だって気づいてないけどな」

「……」

返答に詰まる吉良に、馬場園が続ける。

「仕事に追われて、何年も家に帰らないうちに、いつの間にか認知症が進んでて……。ちゃんと話す間もなく、俺のこと忘れちまった」

「……それで、高齢者のための施設の計画を？」

吉良の問いに、馬場園はぶっきらぼうに答える。

「せめてもの償いだと思ったんだよ」

「……だったら、芹沢さんにもそう言えばよかったのに」と呆れ顔になる吉良。

「言ったところで、俺の私情には変わりないだろ」

馬場園はそう言うと、皮肉めいた笑みを浮かべた。


小鳥遊署の鑑識係では、芹沢が『馬場園ちゃんねる』の動画をパソコンで見ている。

「もう始まってる？」と気になって訊いてくる島根に、「まだですね」と芹沢。その傍らでは、西条が書類から指紋を採取している。

なかなか片付かない書類の山を前に、西条が苛立ったように島根に声をかける。

「係長。定時で帰るためには、あと二十七分で作業を終える必要があります」

「ごめんごめん。でもさすが、市長の事務所、指紋多いね」

「今のところ、本人とスタッフ以外の指紋は見つかってませんが」

「まあ、プロの空き巣だったら手袋するもんねー」

西条と島根のやり取りを聞いていた芹沢が、皮肉交じりに言う。

「っていうか、あの空き巣騒動も、パフォーマンスだったりして」

と、鑑定した書類を見ている西条が、小さく声を上げる。

「……あ」

「どうした？」

反応する芹沢に、西条が言う。

「見つけちゃった……新しい指紋です」

「新しい指紋って、市長以外のやつか？」

「はい。でも、少し変です……」

歯切れの悪い西条に、芹沢が先を急かすように訊く。

「なんだ、どう変なんだよ」

「親指と人さし指の指紋しかついてないんです」

西条の言葉に、島根がさして変なことでもないかのように言う。

「親指と人さし指、ページめくるとき、使うもんね」

西条はすかさず、鑑定結果を補足する。

「ページをめくるときは書類の角につきますよね。それ以外の場所も、全部親指と人さし指だけなんです」

その妙な指紋のつき方に、芹沢が考え込む。

「じゃ、それダチョウじゃない？　知ってる？　ダチョウって指二本なんだよ。だからダチョウがさ、こうやってページめくってさ」

島根の与太話を無視して、芹沢はじっと考え込む。

芹沢の視線の先にはパソコン画面があり、そこには、『馬場園ちゃんねる』のサムネイルが並んでいる。芹沢はそれをしばし見つめた後、ふいにつぶやく。

「俺……わかっちゃったかも……」

芹沢は立ち上がり、西条に声をかける。

「行くぞ、西条」

「は？　私？」

「犯人の証拠が取れるかもしれん」

「なんで私が!?」

芹沢は唖然としている西条を引っ張り、足早に出ていった。


公開生討論会の会場では、間もなく本番が始まろうとしていた。

馬場園が待機する控室のドアを佐橋がノックする。その手には、親指と人さし指だけ指が出る作りになった夏用のグローブがはめられている。

佐橋はドアを開け、馬場園に声をかける。

「市長、そろそろ」

「ああ、今行く」

その呼びかけに、馬場園と吉良は立ち上がった。


廊下を歩く馬場園たちを、カメラを構えた佐橋が誘導している。

「市長、こちらです」

佐橋に誘導された先は、討論会会場のホールではなく備品庫だった。中を見回しながら、馬場園が眉をひそめて訊く。

「ここは……？」

吉良も訳がわからず佐橋に言う。

「あの、ホールってあっちから行ったほうが――」

と、話し終えないうちに、佐橋が吉良を捕らえる。さらに佐橋は、大きなカッターナイフを吉良に突きつけた。

「!!」

驚きのあまり固まる吉良。その光景に、馬場園も目を見開く。

「お前……!?」

黙ったままにやりと笑う佐橋に、馬場園が詰め寄る。

「どういうつもりだ……!?」

佐橋は構えていたカメラを馬場園に差し出し、指示を出す。

「カメラ、そこにセットしろ」

応じずに佐橋を睨みつける馬場園に、佐橋は脅しをかける。

「こいつがどうなってもいいのか!」

そう声を荒らげると、カッターナイフをさらに吉良に近づける佐橋。馬場園は顔色を変え、反射的に叫んだ。

「やめろ」

ちょうどそのとき、鑑識係を飛び出した西条と芹沢が討論会会場に到着した。二人は車を降り、ホールへと走り出す。

「とりあえず、あいつを探すんだ」と芹沢。

「……なんで私が現場に……こんなことなら、杉田を交通課に貸すんじゃなかった……!」

西条はそう愚痴りつつ、芹沢とともに走っていく。

備品庫では、佐橋の指示通りに馬場園が設置したスタンドカメラの前で、相変わらず佐橋がカッターナイフを吉良に突きつけている。

「佐橋……お前の目的はなんだ？　あの空き巣もお前が……？」

信じがたいという表情で訊く馬場園に、佐橋が口の端を歪めて答える。

「てっきり、あんたがどっかの偉いさんと癒着してると思ってね。しっぽ掴んで、叩き落としたかった」

吉良が横目で佐橋を見る。佐橋は続ける。

「けど……さっきのあんたの母親の話聞いて、もう、そんなこと、どうでもよくなったよ」

先ほどの馬場園と吉良の話を、佐橋は控室のドアの外で聞いていた。そのときの震えるほどの怒りを思い出しながら、佐橋は馬場園にまた指示を出す。

「カメラ、回せ」

「先にそいつを離せ」

馬場園が言うと、佐橋はさらに強く指示を出す。

「いいから回せ！」

今逆らうべきではないと判断した馬場園は、指示通りカメラのスイッチを押す。カメラが回り出したのを確認し、佐橋が話し出す。

「さあ、馬場園ちゃんねるスタートです。市長、カメラの前へ」

佐橋に促され、馬場園はカメラの前に立つ。

「つぐみ野の青地記念病院……ご存じですよね？」

黙り込む馬場園。吉良はなんの話かと馬場園を見る。

「忘れちゃいました？」

わざとらしく苦笑しながら訊く佐橋に、馬場園が小さく答える。

「いや……覚えてる」

佐橋は頷き、話を続ける。

「二年前、市長選に出馬したあなたは、対立候補を支持していたその病院が、些細な医療事故を起こしたことに目をつけ、動画で指摘した。そうですよね？」

「……」

何も答えない馬場園に構わず、佐橋は続ける。

「その病院は、そのたったひとつの動画がきっかけで、たちまち悪評を広められ、閉業に追い込まれた」

「……事故は事実だったろう」

自らの指摘の正当性を主張する馬場園に、佐橋は怒りに満ちた声で言う。

「うちの親はお前のせいで、心中したんだよ」

「!!」

まったく知らなかった事実に、馬場園の表情が変わる。佐橋は抑えきれない怒りをぶちまける。

「人の親を自殺に追い込んどいて、自分は母親のために老人ホームだと？　税金使って親孝行かよ。ふざけんじゃねえ！」

言葉を失う馬場園を、佐橋が追い込む。

「カメラの前で謝罪しろ。最高に格好悪い姿、世間にさらすんだ」

馬場園は黙ったまま、佐橋の顔をじっと見据える。そんな馬場園を、吉良は緊迫した表情で見つめていた。


芹沢と西条がホールに到着した。

「芹沢さん！」

駆け寄る野村に芹沢が訊く。

「馬場園市長は!?」

「それが、目を離した隙に、いなくなって」

申し訳なさそうに答える野村に、芹沢は苛立ちを露わにする。

「何やってんだよ！」

「すみません……！」

「くそっ、俺が離れたばっかりに……！」

と、「芹沢くーん！　大変だ！」と叫びながら、スマホ片手に御手洗が駆け込んでくる。

「どうしました」

何事かと尋ねる芹沢に、御手洗がスマホを見せる。

「これ……！」

スマホからは『馬場園ちゃんねる』が流れていて、そこには佐橋に土下座する馬場園の姿が映っている。

「!?」

状況が呑み込めず、思わず固まる芹沢。西条も覗き込むと、佐橋にカッターナイフを突きつけられた吉良の姿が目に入った。

「吉良さん……！」

生配信されている通り、備品庫ではスタンドカメラの前で馬場園が佐橋に土下座をしていた。

「申し訳なかった……」

謝罪の言葉を口にする馬場園に、佐橋は吉良にナイフを突きつけたまま怒鳴る。

「違う、カメラに向かって謝るんだ！」

吉良はいたたまれない表情で馬場園を見ている。


芹沢と野村は、ホールを飛び出し廊下を走っていく。かなり遅れて、西条も二人の後を追いかける。野村はスマホで動画を見ながら、進行方向を指差す。

「おそらく、地下の備品倉庫です！」

西条はうつろな目で息を切らしながら、なんとか二人の後を追う。


備品庫の馬場園は、おとなしく佐橋の指示に従っていた。カメラに向き合い膝をつくと、カメラを見据えて謝罪の言葉を口にする。

「……申し訳ありませんでした」

と同時に、馬場園は深く頭を下げて土下座をする。

その様子を満足げに見つめる佐橋。が、馬場園は頭を下げたまま、突然ぽつりとつぶやく。

「……でも、私は諦めません」

「――は」

自分のプランとは違う馬場園の発言に、佐橋の顔が強張る。馬場園はバッと顔を上げてカメラを見据えると、今度は力強くはっきりと言う。

「この国に、自立型老人ホームは必要なんです」

「!!」

想定外の馬場園の言動に驚く吉良。

「てめえ……この期に及んで！」

佐橋は怒りに任せて吉良を突き飛ばす。そしてカッターナイフを手に馬場園に向かうと、その手を振りかぶった。

「!!」

突然のことに身動きができない馬場園。吉良は声にならない悲鳴を上げる。佐橋は迷いなくカッターナイフを振り下ろす。——と、そのとき、何者かが佐橋の手を摑む。そのまま手をひねられ、佐橋はナイフを床に落とす。

急展開に、馬場園も吉良も呆気に取られ言葉を失う。そこに、芹沢と野村が到着し佐橋に駆け寄る。

「佐橋！」

遅れて到着した西条が、吉良に駆け寄る。

「吉良さん！」

その次の瞬間、何者かが佐橋を投げ飛ばした。

「——え」

目の前で倒れ込んだ佐橋の姿に、芹沢が驚いて足を止める。

「!!」

西条も驚きのあまりその場に立ち尽くす。何者かはうめく佐橋の腕を固めに行き、その顔がはっきりと見える。その人物はなんと——安達だった。

「え!?」

目を疑う西条と吉良。安達は固めたままの手に手錠をかけ、佐橋に告げる。

「佐橋勝也。殺人未遂の現行犯で逮捕します」

「安達、さん……!?」

訳がわからず頭がパニックになる西条。

安達は「くそっ……!」と暴れる佐橋を制すると、立つように促す。それを見ていた野村が慌てて佐橋の片腕を掴み、一緒に連行していく。

クールな表情で通り過ぎていく安達を、西条と吉良が呆然と見つめる。

「安達さんが……どういうこと……?」

考えが追いつかないかのようにつぶやく吉良。西条もやっとのことで口を開く。

「……何が何やら……」

芹沢は座り込んだままの馬場園に駆け寄り、頭を下げる。

「申し訳ありませんでした……私が離れたばかりに」

馬場園は気にも留めていなかったように素っ気なく返す。

「……別にいい。もともと警察なんて頼りにしてない」

「すぐに安全な場所へ」

芹沢が手を伸ばすと、馬場園はその手を制して言う。

「まだ、仕事が残ってる」

「しかし」

芹沢の言葉を遮り、馬場園はさらに言う。

「俺には、市民を安心させる義務がある」

芹沢は思わず言葉を呑む。馬場園は意を決してカメラに顔を向ける。

「みなさん、ご安心ください！」

吉良が馬場園を見つめる。馬場園は真っすぐカメラを見据えて話を続ける。

「犯人は無事逮捕されました。私はこの通り元気です。怪我人は誰ひとりいません……もう大丈夫です！」

そう力強く言い切る馬場園。そんな馬場園を芹沢と西条が見ている。吉良もまた、優しい微笑みを浮かべてじっと見ていた。

小鳥遊署の会議室では、ウイルスの解析を続けていた杉田がついに喜びの声を上げる。

「キター――――！！！　見つけました……！　ウイルスの侵入元！」

「やっぱり署内の人間の仕業でしたか」

基山が緊張の面持ちでパソコンを覗き込む。

「間違いないっす！　じゃあ、こいつのＰＣの識別番号を照合しちゃいまーす！」

そう言うと、杉田は素早くキーボードを叩く。基山はその様子を見守りながら、さらに緊張が高まった表情でつぶやいた。

「……出てきなさい、犯人」


逮捕された佐橋は、会場のロビーで安達と野村から所轄の警察へと引き渡された。任務を終えた安達に、御手洗が駆け寄り挨拶をする。

「安達警視、本庁からわざわざご協力いただいて申し訳ない」

「いえ、ちょっとした野暮用のついでです」

安達は淡々と答える。そこに、西条、吉良、芹沢、馬場園がやってくる。芹沢が馬場園と吉良に言う。

「お二人には、この後、署で事情聴取をお願いします」

どうしても気になる西条は、安達の後を追う。

地下駐車場に停めてあった黒い警察車両のドアを野村が開け、馬場園と吉良が乗り込む。後部座席に並んで座ったところで、馬場園が吉良に言う。

「……悪かったな、危ない目に遭わせて」

「ううん……」

しばしの沈黙の後、馬場園が少しためらいがちに口を開く。

「……あのさ、吉良」

「何」

「今度食事でも一緒に――」

「無理」

「――え」

言い終わる前に断る吉良に、馬場園が絶句する。そんな馬場園に、吉良が理由を話す。

「あんたの言う通り、私ずっとひとりなの」

「……だったら」

「ずっとひとりがいいの。そのほうが……何かあったとき、安心させられる」

自分に言い聞かせるようにそう話す吉良に、馬場園が訊く。

「……誰を……？」

吉良は何も答えず、ただ微笑む。その表情から娘のことを言っているのだと察した馬場園は、少し安心し、照れ隠しのように言い返す。

「調子に乗るな。俺は、お前と付き合いたいなんて一言も言ってないぞ」

「あ、そうですか！」と、子どものように言い合う吉良と馬場園。

そのとき、運転席に野村、助手席に芹沢が乗り込んでくる。

「では、小鳥遊署に向かいます」

野村がそう言うと、車は走り出した。馬場園の素顔を知った芹沢は、少し見直したような表情で……。


小鳥遊署の会議室では、杉田が猛スピードでパソコンを叩きながら、ウイルスが侵入したＰＣの識別番号を照合している。と、ふいに杉田の手が止まる。

「出ました。ウイルスを仕掛けた犯人っす！」

背後から見ていた基山と大道がパソコン画面を覗き込む。そこに、ウイルスが侵入したパソコンの使用者の名前と顔写真がゆっくりと出てくる。

「……え……？」

その意外すぎる人物に、基山は我が目を疑った。

公開生討論会会場の表で、佐橋が乗った車を安達が見送っている。そこに、西条が出てくる。

安達が黙ったまま西条を見る。見返す西条の元に、安達がゆっくりと近づく。動揺を隠せない口ぶりで西条が言う。

「あの……正直、今も驚いています。安達さんが警視庁の方だったとは——」

「……」

安達は歩きながら、そんな西条を見つめている。西条は続ける。

「今も頭が混乱していて……。説明を願えますか」

と、その話を遮るように、安達が西条の腕を摑んだ。

ウイルスを仕掛けたパソコンの使用者の名前と顔写真を前に、基山と杉田はただただ呆然としている。

「……!?」

パソコン画面に映し出されたのは——西条の名前と顔写真だった。

当の西条は、突然、安達に手を摑まれ啞然としていた。安達は西条をじっと見つめ、ゆっくりと口を開く。

「こちらも、署で説明願えますでしょうか」

「……はい？」

困惑して訊き返す西条に、安達が事務的な口調できっぱりと言う。

「西条唯、ウイルス供用および不正アクセスの容疑で同行願います」

まったく身に覚えのない容疑をかけられ、西条は目を見開く。そのとき、空にきれいな打ち上げ花火が上がる。

安達はいつもと違う冷たい目で、黙ったまま西条を見る。

その目にひるみ、何も言葉を返せないまま、西条は心の中でつぶやいた。

『なぜ、そうなる……？』

6

小鳥遊署の取調室で、西条が安達の取り調べを受けている。

『なぜ……なぜ、こうなっている？』

状況が理解できず心の中でつぶやく西条に、安達が淡々と言う。

「西条さん、あなたには、警察内のデータベースに対して、コンピューターウイルスを仕掛けた容疑がかかっています」

「コンピューターウイルス？　私が？」

自分に容疑がかかった経緯がわからず、西条は訊き返す。

「内部調査は進めていたのですが、先日実施された署内調査で、西条さんは重要対象者となりました」

安達は普段とは違う冷たい表情のまま、西条についての報告を受けたときのことを振り返る――。


警視庁の一室で、山田が管理官と向かい合い話をしている。

「小鳥遊署をくまなく監察しました。結果、特に怪しい人物はいませんでした。ただ

「……」

「ただ？」

「極めて優秀な女性三人組、西条、基山、吉良は、監察を継続する必要がある存在だと思いました。以上です」

そう報告しながら、山田はタブレットで三人の写真を管理官に見せる。管理官はタブレットを受け取ると、外を見ながら窓際に立つ監察官に確認する。

「なるほど。よろしいですか？　監察官」

小鳥遊署にコンプラ指導という名目で山田を送り込み、署内を調査させたのは、実は監察官である安達だったのだ。

安達は話を続ける。

「そこから調査を進めた結果、西条さんが署内で使用しているパソコンから、警察内のデータベースにウイルスを仕掛けるプログラムを実行した形跡が見つかり、そのウイルスはセキュリティの脆弱化を狙うものだと判明しました」

「知りません」

寝耳に水の話に、西条は首を振る。安達はさらに続ける。

「警察内の機密データに不正アクセスをした履歴も残っています。本来、西条さんのI

Dではアクセスすることはできないレベルのものです。そこにアクセスするため、ウイルスを用いてセキュリティを突破した。違いますか？」

「違います」

きっぱりと否定する西条。安達はその否定を受け入れず訊く。

「西条さん、あなたの狙いはなんですか？」

「何も狙っていません」

「ほかの所轄でも同じような事件が起きています。それもあなたですか？」

西条が犯人であると決めつけ質問をたたみかけてくる安達を、ずっと疑問が渦巻いている西条がたまらず制す。

「安達さん！　私を内偵するために、隣に引っ越してきたんですか？」

この西条の言葉に、安達は少し表情と声色を変えて答える。

「……それは違います」

西条はますます訳がわからなくなり、安達を見つめて黙り込んだ。


月曜日——。

小鳥遊署に出勤してきた吉良と基山が話をしている。

「え、西条さんが？」

昨日の出来事を聞いて驚く基山に、吉良が頷きながら付け加える。

「うん。昨日は夜中まで事情聴取されてたみたい」

そこに、本庁の管理官・播磨信彦《はりまのぶひこ》が、係員の成田《なりた》らを引き連れて大名行列のように歩いてくる。それに押しのけられた基山が、同じく階段の端に追いやられた吉良に訊く。

「あれ、誰ですか？」

「本庁の管理官じゃない？　結構大ごとになってきたね」

と、二人はその行列の最後に安達の姿を見つける。

「え？」と目を見開く基山。安達は二人をちらりと見るが、表情を変えずそのまま通り過ぎていく。

「あれ、安達さんですよね？」

確認する基山に、吉良が答える。

「安達くん、本庁の監察官なんだって」

「監察官!?」

まだその話を聞いていなかった基山は、思わず驚きの声を上げた。

鑑識係の部屋に、突然、係員たちが入ってきた。何事かと作業の手を止めた島根と杉田に、成田が言う。

「内部監察のため、鑑識係は封鎖します」

「え？」

とっさに状況を理解できず、訊き返す島根。そんな島根に構わず、係員たちは「退出願います」と有無を言わさず島根と杉田を追い立てる。

「ちょ、ちょっと！」

島根と杉田は戸惑い抵抗するが、強引に室外へと出されてしまった。


本庁の一行がやってきたことで、署内はにわかに騒然としている。署員たちは慌ただしく廊下を行き交い、台車で備品が次々と運ばれていく。

そんな中、大会議室では、安達や播磨の指揮のもと成田ら係員が捜査本部のセッティングを進めていた。御手洗と野村も手伝っている。

そこへ芹沢が入ってきて、安達と播磨の前に立つ。

「強行犯係の芹沢です。西条が容疑者ってどういうことなんですか？」

真っすぐな眼差しで訊いてくる芹沢を、安達は黙って見返す。そこに御手洗が駆け寄り、慌てて間に入る。

「すみません！　うちの若いのは血の気が多くて。なんでもやりますので、どうぞご自由にお申しつけください」

平謝りする御手洗に、播磨が冷ややかな目を向けて言う。

「これは小鳥遊署全体の問題でもある。君たちに監察をさせるはずがないだろ」

「ですよね〜。かしこまりました！　小鳥遊署一同、おとなしくしております！」

必死で取り繕う御手洗のそばで、芹沢はまだ安達を見据えている。

安達もまた、そんな芹沢をじっと見返していた。


大会議室を後にした芹沢が、休憩スペースで吉良、基山と背中合わせになり、秘かに話をしている。

「ねえ、西条大丈夫なの？」

心配そうな吉良の問いに、芹沢が答える。

「勤務時間中は取調室で待機してろって言われてるみたいです」

「なんですかそれ？」

その処遇に驚く基山に、芹沢がため息交じりに返す。

「取調室にはカメラもあるからな。変なことできないように監視されてるんだよ。見張りも立ってるし」

「なるほどねぇ」

頷きつつも、憐れむような表情になる吉良。基山は憤りを抑えきれずに言う。

「こんなの間違ってます。私たちの手で西条さんの冤罪を晴らしましょう」

基山の言葉に、芹沢は強く頷いた。

「やっぱ、それしかないよな」

決意して三人はそれぞれ動き出す。


その頃、取調室にいる西条は、ただ椅子に座っていた。さまざまな感情が入り混じっているような目で、真っすぐに前を見つめている。

そんな西條を、安達はマジックミラー越しに見つめていた。


芹沢はさっそく、西条の冤罪を晴らすべく動き出した。廊下を歩く野村を見つけた芹沢は、周りを気にしながら野村に話しかける。

「なあ、俺たちで独自に調べてみないか?」

「所轄は動くなと言われてますよね? 管理官の指示に背くつもりですか?」

ピシャリと正論を返してくる野村に、芹沢は思わずひるむ。

「いや、別にそういうわけじゃ……」

と、そこに成田がやってきて、野村に声をかける。

「野村くん、来て。打ち合わせの時間早まったから」

「はい！」

「え？」

成田に元気よく返事をする野村を見て、啞然とする芹沢。

「どういうことだよ。お前、所轄の魂忘れたのか？」

詰め寄る芹沢に、野村は真剣な眼差しで返す。

「俺、ゆくゆくは本庁に行きたいんで。こんなチャンス逃せません」

「チャンスって……」

野村のそんな本心を知らなかった芹沢は、返す言葉が見つからない。そのとき、成田が再び野村を呼ぶ。

「野村くん！」

「すみません！　すぐ行きます！」

野村は踵《きびす》を返し、成田の元へ駆けていく。と、一体どんな手伝いをするのかと思いきや、野村はいきなり成田にごまをすっている。

「すぐお茶入れます！　あ、肩とかもみましょうか？」

「買い物行ってきて」と成田は野村を顎で使う。

そんな野村を見て、芹沢は呆れ顔でつぶやいた。

「ただのパシリじゃねえか」

署内の別の廊下では、偶然前から歩いてきた安達に吉良が声をかけていた。

「安達くんが警察官だったなんてビックリしちゃった。しかもキャリアでしょ?」

吉良の問いかけに、安達が気まずそうに答える。

「隠していたわけではないんですが。すみません」

「ねえ、どういうつもり?」

「僕だって、みなさんが警察関係者だとは思っていませんでした」

「じゃあ、いつから知ってたの?」

次々と問いを投げかける吉良に、安達の口が徐々に重くなる。

「……それは、内部監察に関係することなので」

「西条と仲良くしてたのは監察のため?」

「……失礼します」

安達は一方的に会話を打ち切り、足早に去っていく。その後ろ姿を見つめながら、吉良が悩ましげにつぶやく。

「んー、絶妙に読み取れない表情してくんじゃん」

その脇を、パシリの野村が電気ポットを手に走り抜けていった。

基山も基山で、情報収集に励んでいた。休憩スペースで成田とほかの係員がコーヒーを飲みながら話している内容に、メモ帳とペンを手にして物陰から聞き耳を立てている。

「署内の防犯カメラ映像ですが、一週間分は網羅できました」

そう話す係員に、成田が念を押すように言う。

「何も見落とすなよ。安達監察官に恥をかかせるわけにはいかないからな」

基山は息を殺し、その会話をメモする。

その脇を、今度は買い物袋を手に、パシリの野村が走ってくる。

「お疲れさまです！」

「おう、お疲れ。安達さんのドライマンゴーもちゃんと買ってきたか？」と成田が言う。

「あ……忘れました」

「それが一番大事なんだよ！」

それを聞いていた基山が、「好物はドライマンゴー」とメモをする。


仕事を終えた吉良と基山が、いつもの居酒屋で酒を飲んでいる。

「署内で情報集めてたんですけど、安達さんって二十六歳で警視になった超エリートらしいですよ」

基山が仕入れた新情報に、吉良が深く頷く。

「あれ、仕事のときは人が変わるタイプだね」

「あと、ドライマンゴー」と基山がつぶやく。

「ドライマンゴー？」

そこに芹沢がやってきて、二人に訊く。

「あれ、西条は？」

「今日はどうしても外せない用事があるんだって」

吉良の答えに、芹沢は解せない表情になる。

「こんなときに何があるんだよ」

すると基山が、芹沢からも情報を収集しようとする。

「あの、仕事してる安達さんってどんな感じですか？」

「監察官、知り合いなのか？」

訊き返す芹沢に吉良が言う。

「知り合いも何も、西条の家のお隣さんだよ」

「隣？　なんすかそれ？」

「ここで飲んだこともあるよ。西条も結構気を許してた感じだったんだけどねえ」

芹沢は知らなかった事実に驚き、顔をしかめてつぶやいた。

「信用させるだけさせてってことですか……とんでもないやつですね」

西条はその頃、雨の中ひとり公園に向かって歩いていた。手には花束を持っている。公園に着くと、階段の下で目をつぶって手を合わせている中年男性の姿が目に入る。小鳥遊署管轄内交番勤務の巡査部長・岡留太一《おかどめたいち》だ。

西条は静かに岡留の隣に立ち、声をかける。

「岡留さん、お疲れさまです」

「あ、唯ちゃん。……なんか、いろいろと大変らしいね。大丈夫？」

西条の置かれた状況を知っていて気遣う岡留に、西条は少し疲れた表情で答える。

「ええ、もう何が何やら」

「そんな中、悪いね。今年も」

「当然です」

「小さい頃に何回か遊んでもらったことがあるくらいなのに。覚えてないでしょ？」

「当然ですよ。あの事故は私にとっても悲しい出来事でした……。お花くらいは供えさせてください」

西条はそう言うと、階段の下に花を供える。そこは、岡留の娘が事故で亡くなった現場なのだ。岡留はその花を見つめてから、ゆっくりと口を開く。

「……もう十四年だよ。亜弓《あゆみ》と過ごした時間より、亜弓がいなくなってからの時間のほうが長くなっちまった」

「……十三歳のときでしたか」

「唯ちゃんと会うたびに思っちまうんだ。生きてたら、亜弓もこんな感じに育ってたのかな……なんて」

「……」

やりきれない表情で黙り込む西条に、岡留は慌てて謝る。

「あ、変なこと言ってごめん」

「いえ」

小さく笑顔をつくる西条。岡留は空気を変えるように話題を変える。

「唯ちゃん、ちゃんとご飯食べてる？」

「え？」

「野菜食べてる？　ひとり暮らしって生活乱れるからさ」

「ご心配には及びません。栄養バランスはしっかり計算して管理してますから」

「心配ご無用ってか」

肩をすくめる岡留に、今度は西条が心配する言葉をかける。

「岡留さんこそ、体には気をつけてください。交番勤務は不規則ですし、さまざまな人と関わる必要があるので、精神的なストレスも多そうです」

「相変わらずだな唯ちゃんは。俺は交番が天職だから平気だよ」

「それでもです。お薬、ちゃんと時間通りに飲んでますか？」

「飲んでるって。俺のことも心配ご無用」

持病がある岡留をいつも気にかけている西条は、心配げな表情を残しながらも頷く。

「それならいいのですが」

そんな西条に、岡留があらたまって話を切り出す。

「あのさ、唯ちゃん……」

「はい？」

しかし岡留は、その話をすぐに呑み込む。

「いや、なんでもない」

そんな岡留を、西条は不思議そうに見つめた。


火曜日――。

そっと備品室の扉が開き、中から基山が顔を出す。基山は視線を動かし周りに人がいないことを確認すると、また扉を閉める。

「それでは、西条さんの冤罪を晴らすための作戦会議を開始します」

基山の言葉に、島根と杉田が頷く。三人は備品室内の隅に隠れるように集まっている。

島根が西条の勤務履歴のプリントアウトを見せて言う。

「これが、頼まれてた西条さんの勤務履歴です」

西条の勤務履歴を見ると、『退勤』の欄に見事に『17時』が並んでいる。

「さすが西条さん。定時だらけだ」

思わず感心する基山。すると隣の杉田が、大きく頷きながら口を開く。

「やっぱりそうっすよねー。おかしいと思ったんですよ」

「何がですか？」

基山の問いに、杉田が自前のノートパソコンを操作しながら答える。

「鑑識係が封鎖される前に、必要そうなデータを一通りダウンロードしておいたんで確認してたんですけど、西条さんのＩＤが二十一時とか深夜とかに動いてるんですよ」

「それはつまり？」と基山。杉田はずばり推理する。

「誰かが、西条さんになりすまして不正アクセスをした。もしくは、退勤時間をごまかしている」

基山と島根は、その後者のほうの推理をすぐさま否定する。

「それはないです」

「絶対ないと思う」

推理した張本人の杉田も、あっさり二人に同意する。

「ですよね。一分の残業でもしっかり記録しますもんね」

となると、可能性が高まるのは前者の推理だ。基山はじっと考え込み、つぶやいた。

「誰かが西条さんをハメようとしてるとか……？」


この日も西条は、取調室でひとり待機させられていた。何もすることがなく、退屈そうに椅子に座っている。


岡留と、岡留と同じ交番に勤務する若い女性警官・三好《みよし》ひろのが、自転車で近隣をパトロールしている。岡留は木の上に飛んでしまった風船を登って取り、女の子に渡してあげている。優しい笑顔だ。と、そこに無線が入る。

『吉切町二－十五でケンカの一一〇番通報。近い局・移動は直ちに現場へ』

「了解です。公園前一、現場に向かいます」

岡留はすかさず無線に応えると、三好に「俺、行ってくるから在所勤務よろしくね」と言い残し自転車で走り出す。

三好は「わかりました」と答え、岡留を見送った。

自転車を漕いできた岡留が、通報現場に到着する。が、そこには誰もいない。岡留は自転車を停め、辺りの様子を確認する。そこに一台のバンが走ってきて、岡留の横に停車した。

その次の瞬間、車内から覆面の男二人が降りてきて、岡留を車の中に引きずり込む。

「おい、何をするんだ！」

抵抗する岡留を無理やり車内に押し込むと、車はすぐに発車する。

偶然、その様子を通りがかりの中年女性が見ていた。女性は車が走り去ったところで、あたふたと慌てて通報した。

「あ、誘拐！　誘拐です！」


捜査本部が設置された小鳥遊署の大会議室に、芹沢や野村ら小鳥遊署の刑事たちが集められている。目の前に立つ安達と播磨に、芹沢が嫌みたらしく訊く。

「所轄には捜査させないんじゃなかったんですか？」

「芹沢くん！　余計なこと言わないの」

慌てて止めに入る御手洗を横目に、播磨が言う。

「君たちを呼んだのは別件だ」

「何かあったんですか？」

別件と聞き表情を変える芹沢に、安達が事件の詳細を話す。

「誘拐事件です。犯人からは写真が送られてきました」

そう言いながら、安達は近くに置かれたモニターを指し示す。そこには、どこかの室内で体を縛られている岡留の姿がある。

「これって、うちの署の……」

「岡留さんですよね？」

驚いた表情でつぶやく芹沢の言葉の続きを、野村が引き取る。御手洗がうろたえながら答える。

「そうなんだよ。拳銃を持ったまま誘拐されてるんだ。困るよこれ！」

「犯人から何か要求は？」

芹沢の問いに播磨が答える。

「現状、犯人からの接触はこれだけだ」

隣から安達が補足する。

「捜査一課は別の事件に人員が割かれていて合流が遅れます。誘拐事件は初動捜査が大切です。よろしくお願いします」

安達の協力要請に、芹沢が不快感を露わにする。

「言われなくてもやりますよ」

「芹沢くん！」

その態度を、御手洗が慌ててたしなめる。

岡留が誘拐された通報現場の道で、野村が目撃者の女性に聞き込みをしている。

「犯人は、迷わず警察官に向かっていったってことですね？」

そう確認する野村に、女性は当時の様子を説明する。

「そりゃもう一瞬だったわよ。バッと来てビュッとしてギュイーンって」

「バッと来てギュッとしてビューイーン？」

「バッと来てビュッとしてギュイーンよ」


小鳥遊署の会議室では、誘拐直前まで岡留と一緒だった三好から、芹沢が話を聞いていた。

「岡留さんが恨みを買ってたとかないですか？」

芹沢の質問に、三好は大きく首を振る。

「いえ、地域住民ともうまくやっていたと思いますし、私たち後輩でも岡留さんを嫌いだなんて人いないんじゃないですかね」

三好の答えを疑う理由はない。芹沢は少し考え込み、独り言のようにつぶやいた。

「となると、たまたま狙われたのが岡留さんだったって可能性もあるか」

備品室の中では作戦会議が続いていた。基山、杉田、島根に吉良も加わり、みんなでドーナツを食べながら話をしている。

「ネットワーク関連に詳しい人に聞いてきたんだけど、警察のシステムなんて外部からはそう簡単に侵入できないから、内部からセキュリティを攻撃している可能性があるんじゃないかって」

吉良が仕入れてきた情報に、杉田が頷く。

「やっぱそうっすよね。一回、内部からアクセスできる状態にしちゃえば、外部からリモートでもどうにかなりそうだなって思ってて」

「リモート会議の話?」

そこに、話をまったく理解できていない島根がとんちんかんな質問をぶち込む。杉田が呆れたように答える。

「外から西条さんのパソコンを操るってことです」

「長〜いマウスをつなぐとか?」

島根の絶望的なアナログぶりに、吉良がたまらず口を挟む。

「島根さん、一回黙ろっか」

話の腰を折られなくなったところで、基山が杉田に訊く。

「犯人は一度だけ署内に侵入して、西条さんのパソコンに何かしらの細工をしたという可能性も？」

「あるかもしれないっす。西条さんのパソコンの使用履歴を片っ端からチェックしてみます。何か不審な点が見つかるかもしれません」

杉田の答えに頷く基山。と、外から何か騒がしい気配を感じ、扉のほうに目をやる。

「なんだか、騒がしくないですか？」


騒がしさが気になり備品室を出た基山と島根が、廊下を歩いている。すると、取調室の前の辺りで、向こうから急いでやってきた大道と鉢合わせする。

「大道くん、何かあったの？」

尋ねる島根に、大道は焦った声で答える。

「招集だ、今すぐ来いって言われて！　基山も急げ」

「え、私も？」


そのとき取調室の中では、西条が相変わらずじっと椅子に座っていた。ふと、外の騒がしさを感じた西条が耳をそばだてると、大道の声が聞こえてくる。

「交番の岡留さんがあれであれなんだよ！」

ハッキリと聞こえた岡留という名に、西条の表情がサッと変わった。

机と椅子が並べられた大会議室の前方に、捜査一課の管理官・鳥飼学《とりかいまなぶ》が着席している。隣には安達の姿もあり、その傍らで小鳥遊署の捜査員が逆探知などの作業をしている。

岡留を誘拐した犯人から、身代金要求の電話がかかってきたのだ。

緊張の面持ちで受話器を持つ御手洗を、固唾を呑んで見守る芹沢と野村。播磨も厳しい表情で見ている。そんな中、合成音のような犯人の声が室内に流れる。

『我々の要求は身代金三千万円である』

その要求に、御手洗がゆっくりと答える。

「もう一度確認させてほしい。あなたは、岡留太一巡査部長を誘拐し、その解放のために身代金を要求しているということでいいんだな？」

安達が真剣な表情で会話に聞き入る。犯人がまた話し出す。

『その通りだ。受け渡しは明日の正午、小鳥遊中央公園の噴水広場。金を持ってくるのは御手洗署長。あなただ』

「わ、私が？　なぜだ？」

『受け渡しが失敗した場合、人質の命は保証しない』

御手洗の質問には答えず一方的にそう言うと、電話は切れた。

「もしもし！　もしもし！」

切れた電話に御手洗が呼びかける。安達は小鳥遊署の捜査員たちに目を向けて訊く。

「逆探知は？」

「ネット回線を複雑に経由したＩＰ電話で逆探知は不可能です」

緊迫した雰囲気の中、御手洗がおずおずと発言をする。

「あのー……、身代金って用意するんですか？」

「用意しましょう。受け渡しは犯人逮捕につながるチャンスです」

そう答える鳥飼に、御手洗がおそるおそる訊く。

「ちなみに、お金って本庁から出るんですか……？」

「それは小鳥遊署の資金から用意してください」

恐れていた通りの鳥飼の答えに、御手洗が激しく動揺する。

「ええ！　そんなの、もし返ってこなかったら……！」

そんな御手洗を、芹沢が厳しく問い詰める。

「何言ってるんですか。岡留さんの命と金とどっちが大切なんですか？」

「わかってるよ！　でも三千万だよ？　三千万！　それに受け渡しって……私、どうしても行かなきゃダメですか？」

あまりにも腰抜けなことを言う御手洗。そこに、西条が扉を開けて入ってくる。

「誘拐ってどういうことですか？」

強張った表情で尋ねる西条に、安達が苛立ちながら告げる。

「西条さん、無断で取調室を出られては困ります」

そんな安達の言葉を振り切り、西条は声を荒らげる。

「公園前交番の岡留さんですよね？　それなら、私が身代金の受け渡しに行きます！」

「え？　行ってくれるの？」

思わず喜びの声が口に出てしまった御手洗を無視して、播磨が西条に近づき言う。

「君は無関係だ。下がりなさい」

先ほどの発言を取り繕うように、御手洗も慌てて播磨に続く。

「下がりなさい！　服務規程違反だよキミ！」

播磨は野村に目を向け、指示を出す。

「彼女を取調室へ」

「はい！　野村くん」と御手洗も続けて指示する。

野村は西条のそばへ行き、扉のほうへ促す。

「西条さん、行きましょう」

「嫌です。何があったのか説明してください！」

従わない西条に戸惑う野村。そこに芹沢がやってくる。

「西条、行こう。ちゃんと説明するから」

「……」

芹沢の言葉を信じ、西条はやっと頷く。そのまま二人は大会議室から出ていく。そんな二人の後ろ姿を、安達はじっと見つめていた。


疲れ切った様子の基山が、医務室のベッドにヘッドホンをして寝転んでいる。

「捜査本部の荷物を運ぶ手伝いさせられました……私、交通課なのに……」

そう愚痴る基山に吉良が言う。

「小鳥遊署じゅうドタバタし始めちゃったね」

「もう疲れました～」

ふと、基山のヘッドホンが気になっていた吉良が訊く。

「ねえ、さっきから何聞いてるの？」

基山はヘッドホンを外して答える。

「小鳥遊市営バスA－一一二七型のエンジン音です。最近のお気に入りなんです。癒やされますよ。聞きます？」

ヘッドホンからは確かにエンジン音のようなものが音漏れしている。吉良は明らかに引いている表情で断る。

「……私は大丈夫」

基山は再びヘッドホンをつけると、ため息交じりにつぶやいた。

「これからどうしましょう。島根さんと杉田くんは誘拐事件の鑑識に呼ばれちゃいましたし。西条さんの事件調べたいのに……」

内部監査が入っている鑑識係の部屋に、安達と播磨が様子を確認しにやってきた。作業中の成田に播磨が訊く。

「何かわかったか?」

「西条巡査の経歴を確認していて気になったことがあります」

成田の答えに、今度は安達が訊く。

「なんですか?」

「西条巡査の父親、西条《さいじょう》真《まこと》は、かつて鳥居塚署の鑑識官でした。そこでは岡留巡査部長と同僚だったようです」

「岡留さんと?」

表情を変えて訊き返す安達。播磨も眉をひそめる。

「監察官、このタイミングで岡留巡査部長の誘拐が起きたということは、何か関連している可能性はありませんか?」

「……西条真さんは、今も鳥居塚署に?」

考え込む表情で訊く安達に、成田が答える。

「いえ、十年前に亡くなっています。過労死と認定されたようです」

「過労死……」


その夜、西条、吉良、基山の三人は小鳥遊署近くの神社にいた。やってくるはずの芹沢がなかなか現れず、西条が辺りをウロウロしている。

「西条、とりあえず落ち着いたら?」と吉良。西条は「落ち着いていられる状況ではありません」と即答する。

そこに、芹沢がやってくる。

「悪い。遅くなった」

西条は芹沢に駆け寄って訊く。

「何か進展はありましたか?」

「犯人が乗り捨てたと思われる車は発見した」

「車に何か痕跡は?」

「中古車らしくて指紋や毛髪だらけで鑑定待ち。でも、岡留さんの指紋は見つかったみたいだから間違いないと思う」

「ほかに物的証拠は？」

「あとはアクセルペダル付近に、少量の土が付着していた。それも科捜研に回してる。痕跡はそれくらいだな」

芹沢の答えに、西条は歯がゆそうにつぶやく。

「何かもっと調べられることはないんですか……!?」

「……落ち着け。お前らしくないぞ？」

普段とは明らかに様子の違う西条を心配する芹沢に、西条が感情を抑え切れずに言う。

「……岡留さんはとてもお世話になった方なんです。私の父が亡くなってからも、私のことを気にかけてくれていて、鑑識になるときも応援してくれて……岡留さんの身にもしものことがあったら……」

そんな西条に、吉良も驚きを隠せない。

「西条が他人に対してそこまで言うなんてよっぽどだね」

西条は話を続ける。

「だから私、岡留さんのためにできることを――」

と、突然、芹沢が西条の話を遮る。

「……今は動かないほうがいい」

「なぜですか？」

怪訝な表情になる西条に、芹沢はチラッと前方を見てから小声で言う。

「さっきのがよくなかったかもな」

「え？」

物陰からこちらをうかがう監察係員の姿がある。

「こんなところまで監視されてるんだ。動けるわけないだろ」

監視の目に気づいていなかった西条は、表情を強張らせて黙り込む。芹沢は西条を落ち着かせるように、力強く言う。

「まずは俺たちのことを信じてくれ。お前の力が必要になったときは、必ず連絡するから」

「……お前って呼ばないでください」

お決まりのセリフを言う西条に、芹沢は安心したように小さく笑う。

「こんなときでも西条は西条だな。じゃあ俺、行くから」

と、立ち去る芹沢に西条は「ありがとうございました」と小声で言う。

ふいに吉良が、監視している係員を見て口を挟む。

「ねえ、イケメンじゃない？　声かけてみようかな」

そんな吉良に、基山が呆れたようにつぶやいた。

「吉良さんはこんなときでも吉良さんですね」

深夜になっても、小鳥遊署の大会議室では安達が作業を続けていた。そこに芹沢が入ってくる。

「こんな時間までいるとは思いませんでした」

少し驚く芹沢に、安達が作業をしながら答える。

「事件が二つも重なってしまいましたからね」

いい機会とばかりに、芹沢が安達に訊く。

「安達さんって何考えてるんですか？」

「と言いますと？」

「西条の隣に住んでるそうじゃないですか」

「単なる偶然です」

「普段のあいつと接していれば、そんなことする人間じゃないってわかりますよね？」

芹沢の突っ込んだ質問に、安達は感情の読めない表情で淡々と答える。

「プライベートと仕事はまったく別の話です」

「西条は仲間です。あいつを失望させるようなことはしないでください」

芹沢は安達を見据えてそう言うと、背を向けて部屋の奥に向かった。

残された安達は、何か感情を動かされたように考え込んだ。

水曜日――。

翌日になってもまだ、西条は取調室でひとり椅子に座り、何もせずじっとしている。

大会議室では、身代金を運ぶという大役を前に右往左往する御手洗を、芹沢と野村がなだめていた。

「ああ、どうしようどうしよう」

「俺たちがちゃんと張り込むんで大丈夫ですよ」

安心させようとする芹沢の言葉に、御手洗が食ってかかる。

「そういう問題じゃないでしょ！　犯人は拳銃持ってるかもしれないんだよ？　お金渡した瞬間に殺されるかもしれないじゃないか！」

思わず黙り込む芹沢と野村、そして捜査員たち。その微妙な空気を察して御手洗が訊く。

「可能性ゼロじゃないなとか思ってる？」

「いや、まさか」

慌てて否定する芹沢の顔を、御手洗が何かを思いついたようにじっと見つめる。

「あ。芹沢くんって俺に似てない？」

「はい？」

「似てる似てる。キミ、俺に変装して受け渡しに行きなさい」

突拍子もないことを言い出す御手洗に、芹沢は呆れ果てる。

「署長、そんなことして岡留さんの身に何かあったら、それこそ責任問題ですよ」

「責任問題は困るよ。責任と問題、どっちも嫌いな言葉だねえ」

芹沢は埒が明かないとばかりに、野村に指示を出す。

「野村、署長に防弾チョッキ用意して」

「わかりました！」

頷く野村に、御手洗は往生際悪く指示を付け加えた。

「それなら二着持ってきて。重ね着するから」


小鳥遊中央公園の噴水広場に、防弾チョッキで明らかに着ぶくれした御手洗がひとり立っている。手には三千万円が入った大きな鞄を抱えており、すべて誘拐犯の指示通りだ。その近くには、変装して様子をうかがう芹沢ら刑事がいる。

時計の針が約束の十二時を指した。と同時に、御手洗の携帯電話が着信する。

「もしもし」

『そこから移動してもらう』

「移動!?」

『大通りに向かって走れ。周りの警察官に動かないように指示を出せ』

「はい！　みんな、そこから動かないで！」

御手洗は言われた通り即座に芹沢らに指示を出すと、大通りに向かって一目散に走り出す。芹沢たちは、その様子を唖然としながら見つめていた。

着ぶくれした重い体を揺らし、御手洗は必死に走る。大通りに着いた御手洗は、息を切らしながら携帯電話を手に取り、誘拐犯に言う。

「大通りに出ました」

『ひとりだな？』

「はい」

『そこから路地に向かって走れ。全力で走れば、路地を抜けた先のバス停から十二時十分のバスに乗れる。取引はその車内だ』

「まだ走るんですか!?」

『乗り遅れたら取引は終了だ』

そこで一方的に電話が切れる。御手洗は「んー、もう！」と不満を吐き出すと、再び走り出した。

指示された通りに、細い路地を御手洗が走っていく。と、向かいからランニング中の柔道部の集団がやってくる。いかつい柔道青年たちに行く手を阻まれ、先に進めなくなってしまう御手洗。もみくちゃになりながら、御手洗は必死で叫んだ。

「通して！　お願い！　通して！」

なんとか路地を通り抜けた御手洗が、バス停に走ってきた。が、時計を見ると指定の時間は過ぎている。

「あ〜！」

まずい状況に、思わず声を上げる御手洗。その瞬間、御手洗の携帯電話に着信が入る。

「もしもし……」

『取引は終了だ。あらためて連絡する』

そう一言だけ告げ、電話が切れる。

「あ、待って。待ってください！」

御手洗は冷や汗をかきながら、切れた電話に懇願し続けた。

御手洗のミスに、小鳥遊署の大会議室は重苦しい空気に包まれていた。

「私、悪くないですよね？　一生懸命走りましたよね？」

責任逃れに必死な御手洗には目もくれない一同。鳥飼が芹沢に訊く。

「その後、犯人から接触は？」

「ありません」

そのやり取りを聞いていた安達が、重々しい表情で口を開く。

「誘拐事件の場合、人質の生存率は、事件発生から二十四時間で七十%、四十八時間で五十%と言われています。今回の事件では、すでに二十四時間以上が経過しており、さらに取引が失敗したことを考えると、その数字はさらに低いものになると言わざるをえません。犯人と人質の発見を急いでください！」

「はい！」

刑事たちは力強く返答し、それぞれ動き出した。


取調室で待機させられている西条は、いつもと同じように、何もせずじっと椅子に座っていた。そこに突然、安達が入ってくる。

「西条さん、お伺いしたいことがあります」

西条は安達をちらりと見て、素っ気なく返す。

「なんでしょう」

「岡留さんと親しいと聞きました。岡留さんの人間関係などについて思い当たることはありませんか？」

安達のこの問いに、西条の顔色が変わる。

「状況から察するに、身代金の受け渡しに失敗したんですね？　岡留さんは解放されていないということですね？」

責め立てるように訊く西条に、安達は淡々と言う。

「西条さんからの質問にお答えすることはできません。岡留さんに関しての情報提供のみお願いします」

が、安達のその言葉も耳に入っていないかのように、西条はひどくうろたえている。

「西条さん？」

安達の呼びかけに、西条は心配でたまらないといった表情で事情を話す。

「岡留さんは、心臓に持病があって薬を服用しています。毎日決まった時間に必ず飲まなければならない薬です。誘拐犯が薬を飲ませているなんて思えません……このままだと……」

「捜査員に共有します」

安達はそう返すが、それだけでは不安が残る西条が言う。

「私も捜査に同行します」

「それはできません」

自分の主張はまったく聞き入れない姿勢を貫き通す安達を、西条は失望に満ちた目で見つめ黙り込んだ。


備品室では、この日も西条のパソコンをチェックする作業が続いていた。パソコンに向かう杉田を、基山と島根が見守っている。基山がふと、どうにも目つきがおかしい杉田を気にかける。

「杉田くん、なんか目がバキバキじゃないですか?」

「俺、毎日九時間は寝ないとダメな人なんすけど、徹夜で西条さんのパソコンの履歴確認してきたんで今ヤバいっす」

限界を超えている杉田に、島根が同情するように言う。

「誘拐の鑑識作業も大変だったからね。ここで作業できないから、隣の署にも協力してもらって」

基山はそんな杉田に心配の目を向けつつ、進捗状況を聞く。

「何かわかりましたか?」

「本庁のサイバー班もまだ気づいてないと思いますけど、巧妙に隠されている怪しい履歴を見つけました。おそらく、ウイルスが起動した時間はそこです」

「じゃあそこを詳しく調べたら犯人がわかるんじゃないですか？」

期待に目を輝かせる基山。が、杉田は「もう……ひと息……です」と言い残し、バタッと倒れてしまう。

「杉田くん!?」

島根が慌てて杉田の顔を覗き込む。すると、杉田は大きないびきをかき始める。

「寝てる……」

まるで気絶したかのような杉田の寝方に、基山は呆れ顔でつぶやいた。

医務室に運ばれた杉田が、ベッドで気持ちよさそうにいびきをかいて眠っている。もう十分に疲れは取れたはずの杉田に、基山がベッドサイドから声をかける。

「寝すぎの杉田く～ん。起きてくださ～い。もう少しで西条さんの潔白を証明できるんですよ～！」

しかし、杉田はまったく起きない。

そこに芹沢がやってくる。

「吉良さん、ちょっといいですか？」

「あれ、ここに来るなんてめずらしいじゃない。誘拐事件どうなってるの？」

吉良の問いに、芹沢が苦々しい表情で答える。

「身代金の受け渡しに失敗して、まずい状況です」

「そうなんだ……」

「それで、犯人からの電話を聞いてほしくて。プロファイリングとか得意ですよね？」

芹沢の頼みに、吉良は身を乗り出す。

「聞かせて」

「これなんですけど」

芹沢は手にしていたパソコンで、犯人からの電話を再生する。

「……」

集中して音声に耳を傾ける吉良。音声が終わったところで芹沢が訊く。

「どうですか？」

「この声合成だよね。喋り方から人物像を割り出すのは無理だね。取引失敗のときの状況は？」

「署長が犯人の指示に従って走ったんですけど——」

と、一緒に音声を聞いていた基山が、芹沢の話を遮り口を挟む。

「あの、電話のやつもう一回いいですか？」

「え？　ああ」

芹沢は電話の音声をリピートし、基山に訊く。

「何か気になったのか？」

基山は少し考えてから、確信したように言う。

「これ、琴鳥交通が使ってるＳ一三四Ｇ型という車両のエンジン音です」

「エンジン音なんかどこに？」

怪訝な表情で訊く芹沢に、基山が答える。

「犯人の声の向こう側です。すぐ近くを通り過ぎてますね」

「え？」

まったくピンときていない芹沢は、さらに怪訝な表情をする。基山はわかってもらうために、自分のスマホを取り出すと、そこに保存してあったエンジン音を再生する。

「この音です」

バスのエンジン音を聞かせながら、基山が同意を求める。

「同じですよね？」

「は？」

まだわかっていない様子の芹沢に、基山が呆れ顔で言う。

「なんでわからないんですか」

「わかるわけないだろ」

基山はわかってもらうことを諦め、新たに質問をする。

「この電話がかかってきた時間を教えてください」

「十五時五十八分だ」

基山はすかさず地図を取り出して広げ、見つめながら考えを巡らす。

「となると、小鳥遊市内でその時間にこのバスが通過している可能性があるのは、この七か所です」

そう言いながら、該当箇所に印をつけていく基山。芹沢が驚いたように訊く。

「間違いないのか?」

「はい。バスのことなら自信があります」

「このどこかから電話がかけられてるってことか……手がかりなしからこれは大収穫だ。あとは、科捜研から返ってきた鑑定結果を西条に見てもらいたいんだけどな……」

と、ちょうどそこに、西条が扉を開けて入ってくる。

「西条!?」

ありえない事態に驚く芹沢に、西条が言う。

「トイレに行くふりをして逃げてきました。まさか芹沢さんまでここにいたとは。好都合です」

「こっちもちょうどよかった。確認してもらいたいものがある。岡留さんを誘拐した車の中に付着してた土の成分だ。それとこれは、足跡」

芹沢はそう言うと、基山が印をつけた地図と、土の成分の分析結果の資料を差し出す。

「このどこかに犯人のアジトがある可能性が高い。何かわからないか？」

西条は分析結果の資料を見てから、地図と見比べる。

「ん……？」

何か気づいた様子の西条に、芹沢が訊く。

「何かわかったのか？」

西条は資料を見つめたまま話し出す。

「この土からは肥料の成分が検出されているようですが、窒素が少なめでカリウムが多めです」

「それはどういうことなんだ？」

「一般的な肥料は、窒素、リン酸、カリウムがバランスよく配合されています。窒素が少なめでカリウムが多め、これはおそらくサツマイモの肥料ではないでしょうか」

「サツマイモ？」

「地図の印とサツマイモ畑が重なる場所は、えっと……」

西条がそう言いながら地図に目を移すと、横から基山が七か所のうち三か所に新たな印をつける。

「この三か所です」

「まだ三か所もあるのか」

頭を抱える芹沢を、西条が急かす。

「急ぎましょう。交番に予備の薬があるはずです。一刻も早くそれを飲ませなくては」

「待て。お前も行くつもりか？」

芹沢の問いに、西条が当然のように答える。

「もちろんです」

「危険だ」

真剣な目で止める芹沢に、西条もまた真剣な目で言い切った。

「構いません」

そんな西条に、基山が「使ってください」と地図を渡す。


医務室を出た西条と芹沢は、玄関に向かって廊下を足早に歩いていく。と、安達が追いかけてくる。

「西条さん、どこに行くつもりですか？」

「……」

何も答えない西条に、安達は表情を変えずに言う。

「こんなことをされてしまったら、より強制力をもって西条さんを拘束することになってしまいます」

その言葉に、西条はすかさず反論する。

「この取り調べは任意のはずです。安達さんにそんなことはできません」

「……」

黙り込む安達に、西条はさらに言う。

「安達さん、私は今から有給休暇を取ります」

「何を言っているんですか？」

予想外の発言に、思わず訊き返す安達。西条は続ける。

「取り調べは拒否し、休暇なので帰宅します。安達さんに私を止めることはできません」

「岡留さんを探しに行くつもりですよね？」

「有給休暇の取得理由については安達さんに答える義務はない。芹沢さんも有休たまってますよね？」

西条は安達の問いにつれなく返すと、芹沢にそう確認する。芹沢は西条の意図を酌み取り、うまいこと合わせる。

「使ったことないからな。たっぷりと」

「では休暇に出ましょう、芹沢さん」

「ああ」

西条と芹沢は息ぴったりにそう言い合うと、揃って歩き出そうとする。そんな二人に、安達が少し声を荒らげて言う。

「懲戒処分は免れませんよ！」

その言葉に臆することなく、西条は淡々と返す。

「安達さんと私では、ものの考え方が根本的に違うようです。助けたい人を助けられない仕事なのであれば、そんなものはいつ失っても構いません」

西条のその言い分に、安達は苛立ったようにさらに声を荒らげる。

「西条さんは何もわかってない！　警察官というのは、自分の感情を優先できるような仕事ではないんだ！」

「……やはり、私たちはわかり合えないようですね」

西条はどこか寂しげな表情でそう言い残すと、芹沢とともに安達を背に歩いていく。

安達は黙ったまま、その後ろ姿を見つめていた。


西条と芹沢は、地図に印をつけた三か所を順番に巡り出した。ひとつ目の目的地である畑に着いた二人は、車から降りて二手に分かれ、辺りを探索する。

ひとしきり探し回るが、「それらしき場所はないな」と芹沢。西条は時計を見て、芹沢に声をかけた。

「次の場所へ急ぎましょう」

二つ目の目的地である畑でも、西条と芹沢は同じようにアジトを探し回る。が、怪しげな場所はない。

「ここも違うのか？」

焦りを募らせる芹沢。西条は我慢の限界とばかりに口を開く。

「岡留さんの持病は、薬を飲まないと心機能の低下を引き起こしてしまうんです。ましてや、誘拐という緊張状態。もし、次の場所で見つからなかったら……」

「弱気になるな。捜査は足だ。行くぞ」

芹沢はそんな西条をなだめると、車に乗るよう促した。


走る車の中でも、西条は岡留のことを考え続けていた。両手を組んで目をつぶり、岡留の無事をただただ祈っている。

三つ目の目的地である畑に着いた西条と芹沢は、さっそく辺りを歩き回り探索を始めた。すると、芹沢が畑のそばを通る道の近くに、小さな小屋を見つける。

「あれは？　あそこならバスの音も拾える」

「行ってみましょう」

小屋に歩み寄った西条は、犯人と同じ足跡を見つける。

「きっとここです！」

すぐに小屋に突入しようとする西条。そんな西条を芹沢が止める。

「落ち着け。様子をうかがうから離れてろ」

芹沢はそう言うと、ひとり先を歩いて慎重に小屋の裏に回り、窓からそっと中の様子をうかがう。と、西条が待ちきれず扉を開け中に飛び込んでいく。

「西条！」


小屋の中に入った西条は、すぐに岡留を発見した。岡留は両手をロープで縛られ、意識を失っているのかぐったりとしている。西条は岡留に駆け寄り、急いでロープを解く。

「岡留さん！　岡留さん!?」

西条の声に、岡留がゆっくりと目を開ける。

「……え？　唯ちゃん？」

西条は急いで薬と水を岡留の前に差し出す。

「早く薬を」

「ありがとう……」

すると、西条を追って中へ入ってきた芹沢が、背後から怒鳴りつける。